Samuel Díaz

Conquistados por
La VOZ
de DIOS

Vida
DEDICADOS A LA EXCELENCIA

© 2002 EDITORIAL VIDA
Miami, Florida 33166

Edición: *Ark Productions*

Diseño de cubierta: *Gustavo Camacho*

Diseño interior: *Margarita Jarquín*

ISBN: 0-8297-3291-8

Categoría: *Estudio*

Impreso en Estados Unidos de América
Printed in the United States of America

02 03 04 05 06 07 ❖ 06 05 04 03 02

Conquistados por la Voz de Dios

Mensaje e historia de España y
su significado en los tiempos modernos,
su relación con Israel y el pueblo
cristiano en nuestros días

La obra de Dios en España,
América Latina y Estados Unidos

SAMUEL DÍAZ

Contenido

PRÓLOGO

Como hombre nacido en América Latina, con ascendientes en España, me ha complacido ver una obra que llena una importante necesidad para la comprensión, en el plano historicoprofético de esta sufrida región del mundo, constituida por más de veinte naciones. Este importante lugar del mundo constituye nuestro campo original y actual del trabajo en la evangelización mundial.

Pocas veces he visto tratar desde la perspectiva histórica un mensaje contemporáneo para las naciones de habla hispana, naciones cuyos orígenes están vislumbrados en la Biblia, que nos declara la estrecha relación que hubo entre los pueblos semitas de Israel y Fenicia. Estos pueblos, especialmente en la época del rey Salomón, emprendieron acciones conjuntas para explorar y explotar recursos económicos en lugares todavía no conocidos que se encontraban mucho más allá de lo que se consideraban los extremos geográficos en ese entonces.

Hiram de Tiro y Salomón hicieron un pacto que tuvo que ver con la construcción del templo y también con las misiones exploradoras y colonizadoras que partían desde el Mediterráneo o desde el Mar Rojo. Las naves de Tarsis salían desde Elat en el Sur de Israel o desde Tiro y Hope y llegaban a España.

Hyspania, como denominaron posteriormente los romanos a la Península Ibérica y las naciones que consideran a España como su madre patria, son en la actualidad, los países más receptivos para el mensaje de las buenas noticias en Cristo y donde la Iglesia está creciendo como en ningún otro lugar del mundo.

En este continente estamos viendo cambios que tienen que ver con las libertades individuales, con el desarrollo cultural, con el establecimiento progresivo de nuevas democracias y de una nueva conciencia social más justa en todos los niveles de la población de América Latina que —aunque a veces con marchas y contramarchas— muestran un avance eficaz.

Es indudable que la predicación de la Palabra de Dios y el crecimiento en todo sentido de la Iglesia de Jesucristo está produciendo paulatinamente cambios sociales, políticos y económicos que confirman lo que declara la Biblia en Proverbios 14:34: *«La justicia engrandece la nación mas el pecado es afrenta de las naciones»*.

El descubrimiento de América, la expulsión de los judíos, la terrible obra de la Inquisición en España y América Latina, la dominación árabe, el Renacimiento, la Reforma, la involución española y el desarrollo como potencias mundiales de otras naciones, tienen un enfoque pocas veces tratado desde nuestra perspectiva evangélica pero no menos real o verdadero que los tradicionales puntos de vista sobre estos temas.

Apoyo totalmente la visión optimista sobre el alcance del evangelio a España y los países hispanos porque será la confirmación del dicho: «Lo que está vacío se llena». Casi todos nuestros países están experimentando un pronunciado crecimiento de la iglesia: las instituciones de ayuda, los colegios, las televisoras, la radio y aun las universidades evangélicas, se multiplicaron notablemente en los últimos años.

Al ver la gran cantidad de personas de influencia social, económica y política, tales como senadores, diputados, empresarios, que están aceptando a Cristo como el Señor de sus vidas, naciendo de nuevo y dando testimonio de ello, damos gracias a Dios.

Lo realmente interesante es que esta tendencia persiste. Nos llegan continuamente signos altamente positivos en favor de la multiplicación casi explosiva de la iglesia cristiana evangélica y su función como sal de la tierra.

De esto nos habla este libro y constituye un gran aliento esperanzador para los cristianos el saber que, a pesar de las dificultades que todos conocemos en España y América Latina, Dios sigue obrando con eficacia desde los albores de la historia que culminará, como todos sabemos, con la gloria de la victoria del Señor Jesucristo como está declarado en la Biblia, en Isaías 11:9: *«Porque la tierra será llena del conocimiento de Jehová, como las aguas cubren el mar».*

Luis Palau
Asociación Evangelística Luis Palau

INTRODUCCIÓN

España es una de las naciones privilegiadas por Dios en cuanto a su esencia, su formación, su geografía, historia, cultura, lenguaje, su diversidad, composición étnica, el carácter de sus habitantes y una cantidad de condiciones que están a la vista así como otras que afloran en las distintas circunstancias que le toca vivir como nación con respecto a las demás y también por los conflictos de su propia constitución humana.

Después de siglos de contradicciones, de victorias y derrotas, en este último tiempo este gigante dormido que fue la primera potencia mundial y constituyó un imperio en el cual no se ponía el sol, ha comenzado a despertar, a descubrir quién es, a conocer su verdadera dimensión, a tomar nota de sus fuerzas y debilidades y en este reciente inventario se puede escuchar una gran voz que viene del Dios de la creación, de la historia, del formador de pueblos y naciones que está llamando a España y los países hispanos (Tarsis y sus leoncillos) y les dice: *¡Levántate y resplandece porque ya ha venido tu luz!*

Tal vez haya sido España el país más renuente a aceptar el mensaje cristiano que transforma a las personas, les da nueva vida, buenas noticias, las libera y eleva a planos de libertad que nunca habrían imaginado, que sana a las personas y naciones, que da libertad y un nuevo propósito en la vida.

Todos sabemos que en muchas oportunidades todo viento

de cambio fue muy resistido en España y en los países que la consideran su madre patria, por la sociedad en general.

Esto está cambiando y se ve en la economía, en el comportamiento social, en el desarrollo de las empresas y empresarios, en una economía nueva y en un espíritu de captar los cambios y recuperar el tiempo perdido.

En este momento tan particular de la nación española aparece este libro que tiene la misión delegada por las cortes celestiales de hacer conocer la voz de Dios a una de sus naciones preferidas.

En la Biblia, en Mateo 16:6 el Señor Jesucristo advierte a sus discípulos diciéndoles: *«Mirad guardaos de la levadura de los fariseos y saduceos».* En el mismo capítulo les explica porqué se debían guardar de la levadura de los fariseos y saduceos, y también les dice que la levadura de los fariseos es la hipocresía. La práctica intensa durante cientos de años de una religión hipócrita atrasó a España y a la mayoría de los países hispanos en su formación, actitud y sobre todo ocultó la luz de Jesucristo a la mayoría de sus habitantes.

En épocas tempranas, durante el Imperio Griego, se levantaron en Israel dos sectas. La de los fariseos se constituyó en ultraconservadora y defensora absoluta de la doctrina religiosa judía y la ley, procedía de la revelación dada a sus padres. La otra, la de los saduceos, eran personas con un pensamiento reformador dentro del pensamiento judío que pretendía modernizar la religión judía compatibilizando algunas de sus doctrinas con la filosofía helénica que, a pesar de estar bajo el Imperio Romano, era plenamente vigente y abarcaba la totalidad de la intelectualidad de aquel entonces. Unos, los fariseos, eran de la revelación o inducción, y otros, los del razonamiento filosófico griego o la deducción.

Estas dos ramas de pensamiento o acceso a Dios, o al cocimiento, o a la conducta, son las mismas formas vigentes durante toda la historia y siguen en la actualidad dividiendo a las personas en su forma de pensar o encarar el desarrollo de su existencia. Los fariseos con su conservadurismo, y los saduceos con su pensamiento progresista que hacía que a pesar de pertenecer al pueblo judío no creyeran en Dios, ni tampoco en la resurrección.

Sin entrar en simplificaciones o generalizaciones sin sentido, vemos por doquier a las personas, a las sociedades, iglesias, partidos políticos y aun naciones divididos en estos dos tipos de pensamiento. La levadura de los fariseos era, sin duda, su religiosidad, su acartonamiento en torno a doctrinas o sistema de doctrinas que alguna vez expresaron frescas revelaciones del espíritu, pero que ahora habían quedado invalidadas, obsoletas por el uso tergiversado que paulatinamente se le fue dando y que desembocó en tradiciones y costumbres que invalidaban la palabra de Dios.

La levadura de los saduceos, era la de su humanismo tendiente a adaptar la filosofía griega, que todavía estaba vigente en casi todo el Imperio Romano. Para ellos, el hombre era el centro de todo y su helenismo humanista se expresaba en una falsa amplitud y también en su descreimiento de Dios y su influencia en los tratos con el hombre. Este tipo de creencias incluía el desconocimiento de la resurrección o vida en el más allá, a diferencia de lo que creen la mayoría de los pueblos de la tierra.

Estas «levaduras», a las cuales se refería Jesucristo, contaminaron largamente a España, y su expresión la hemos visto en los acontecimientos de su historia reciente con un cristianismo sin Cristo y lleno de tradiciones vacías. Estas se de.rrollaron excesivamente, favorecidas por la ignorancia de una gran cantidad de la población, que manifestó fehacientemente la existencia de esta levadura de los fariseos, ateniéndose a un cristianismo litúrgico, ceremonial, costumbrista, pero sin vida ni razón. La levadura de los saduceos la vemos en los republicanos o socialistas que se opusieron a los fariseos en una falsa controversia que costó muy caro y mucha sangre derramada por conflictos sectarios que nunca se resolvieron con justicia.

Esta famosa dualidad de la que ya tantos filósofos y escritores han hablado y que es aparentemente tan simple, viene de la constitución física del hombre. Todos sabemos que el cerebro está dividido en lóbulo derecho e izquierdo. Se ha probado que el izquierdo es el del razonamiento, memoria, organizador de ideas y conocedor del mundo real circundante, en cambio el lóbulo derecho es el de la intuición o percepción intuitiva, de aquello que no es posible expresar en términos materialistas.

Una frase frecuente y sorprendente en política es la de aquellos que dicen que la adhesión a su partido es una *cuestión de sentimiento*, yo diría irracional. En Europa, los políticos se dividen en demócratas cristianos, diríamos los de la revelación o fariseos, y demócratas socialistas, los del razonamiento, la intelectualidad, sin confesiones religiosas, los de la deducción, con cierto grado de ateísmo, a quienes les podríamos decir, los saduceos.

Estas dos levaduras, escuelas o líneas de pensamiento son las que han contaminado largamente no solo a España, sino también prácticamente a todas las naciones que tomaron partido por una u otra, o alternan eligiendo entre ellas cada tanto.

Cuando Jesucristo advierte a sus discípulos acerca de no

contaminarse con este tipo de pensamiento, les da una lección en la cual dice que el hombre debe tener fe en Dios y basar su vida en la relación espiritual con Dios como principio de todo.

La levadura de los humanistas saduceos tiene plena vigencia en el mundo actualmente, expresándose en una falsa amplitud, en el descreimiento de Dios, en doctrinas que no tienen a Dios en su corazón ni consideración.

La levadura de los conservadores o fariseos todavía es mucho más peligrosa, ya que se manifiesta en personas o naciones que dicen creer en Dios, pero con sus actitudes, pensamientos y la forma egoísta que llevan desmienten inmediatamente su pretendida adhesión a los principios de Dios. Esto se ve también en la iglesia, en grupos que pretenden «ayudar a Dios» con sus «buenas ideas» pero que en realidad no viven una transformación total como predicó Jesucristo: *«Os es necesario volver a nacer».*

A España le ha llegado el momento de escuchar otra voz, esta vez, es la de la verdad que proviene de Cristo, quien dijo: «Conoceréis la verdad y la verdad os hará libres».

Hace unos pocos años se realizó una importante reunión en la ciudad de Toledo, España, donde las autoridades civiles y también religiosas oraron y pidieron perdón al pueblo judío por los sufrimientos ocasionados por las maquinaciones tenebrosas de un pueblo al cual todavía no le había resplandecido la luz. Creemos que ese acto fue el punto de partida para una nueva realidad para España. Dios tomó nota y ahora comienza una etapa de gloria para esta nación que ha sido preparada por él para este día especial.

El día 10 de junio de 2000, tuvo lugar en Madrid otro hecho muy importante, se podría decir un acto fundacional en la céntrica Puerta del Sol, donde entre veinte y veinticinco mil personas, según los medios de comunicación nacionales, se reunieron para celebrar el Día de Jesús. Miles de españoles dedicaron su vida al Rey de reyes y Señor de señores en un espíritu de arrepentimiento y reconciliación de líderes cristianos de todas las denominaciones y entidades paraeclesiásticas.

El encuentro fue para orar a Dios a fin de solicitar una visitación de su Espíritu para toda la nación. Los presentes suscribieron un importante documento que significa un reconocimiento de arrepentimiento y un compromiso mutuo para iniciar una nueva etapa del cristianismo unido, reconociendo los propios pecados y el haber permitido que las diferencias doctrinales, culturales, e incluso raciales, impidan cumplir con el mandato divino a su Iglesia. Asimismo, se asumió el compromiso de buscar el rostro de Dios para caminar en un espíritu de unidad y amor respetando la diversidad, renunciando a la envidia, la crítica destructiva, la rebeldía, rencor y falta de perdón. También a toda discriminación por razas, nacionalidades y culturas, al individualismo, a la falta de compromiso y visión. Se afirmó la voluntad para orar y preparar las vidas de los cristianos para que Dios en su soberanía visite a España llevando un avivamiento sin precedentes en la historia.

Creo que España ya no es solamente Europa, sino también su extensión natural que abarca también a América y por que no, Filipinas y Guinea Ecuatorial en África. Un país no es meramente el territorio que ocupa, sino también su historia, sus costumbres, su idiosincrasia, el proyecto futuro que tiene la gente que lo compone.

Este es un mensaje para España y los hispanos con todo lo

que ella significa, con lo que abarca, y tiene que ver con su pasado, presente y futuro, ya que Dios es un Dios que excede el tiempo y el espacio. Muchos dicen es el Dios de la historia, otros piensan en Dios para su propio futuro en forma apocalíptica —pesimista— o en forma de ilusión futura. Dios mismo dice en su revelación, la Biblia, *«Yo soy el que soy».* Por lo tanto, su mensaje siempre tiene que ver con nuestro presente, con el ahora, con la actualidad, con nuestra decisión de hoy. Lo interesante del caso es que Dios no es un Dios de masas y aunque habla a las naciones, su mensaje es muy especial y particular para cada ser humano, casi me animaría a decir: para cada célula de nuestra vida que está dispuesta a oír.

La Biblia dice: *«Que sepan las naciones que no son sino hombres».* Así que: España y los hispanos: ¡Oigan la voz de Dios!

CAPÍTULO 1

LOS ORÍGENES

Según la mitología, España y África estuvieron alguna vez físicamente unidas. Por lo general, la historia siempre fue modificada por la leyenda, por la expresión poética o espiritual de pueblos, que al no estar ya, guardaron para siempre la esencia del significado de sus leyendas. Nos toca a nosotros, gracias a los conocimientos en muchas ramas del saber científico que poseemos en la actualidad, asomarnos con respeto al legado de las leyendas y tratar de interpretarlo con aprecio y humildad. Según algunas de la más antiguas que corren, Hércules peleó contra el gigante Anteo en una colina cerca de la ciudad de Tánger. Hércules fue de la lejana Argólida especialmente para medirse con el gigante Anteo.

El propósito de este famoso guerrero era robar manzanas de oro en el jardín de las hespérides. Cuando Hércules cumplió su cometido se separaron los montes Calpe y Abyla aislando a Europa de África, creándose así el estrecho de Gibraltar. Esta leyenda que se adapta asombrosamente al terreno y a los nombres, procede de Grecia y data de tiempos en que los griegos ni remotamente habían puesto los pies en dichos lugares del occidente del Mediterráneo. Por esta leyenda, podemos deducir que en el sur de España, hubo una batalla muy importante entre Hércules y Anteo. El primero venía desde el oriente del Mediterráneo y el segundo era descendiente de los talantes, y aunque hay muchas versiones sobre su procedencia lo más seguro es que provenían de la zona del norte de África, donde está la cordillera más alta de este continente, Atlas, que con su nombre informa sobre el linaje de los habitantes de la zona, los atlantes.

Muchos dicen que los atlantes son los sobrevivientes del famoso cataclismo que describió Platón, quien dijo haber recibido su información de religiosos de Egipto.

El Océano Atlántico que reemplazó al mar Mediterráneo por su importancia estratégica nos recuerda a los atlantes y los Andes en todo Sudamérica nos recuerdan a Anteo.

El paso de Hércules a África fue terrestre, de lo que se deduce la unión pretérita entre África y Europa por el istmo que unía las cadenas de la sierra de Andalucía con la cordillera del Rif y que ahora es el estrecho de Gibraltar.

También existe en el norte de África un pueblo llamado los bereberes, muchos los consideran milenarios residentes del lugar y seguramente eran parte de las tropas del mitológico Anteo.

Desde el este del Mediterráneo un pueblo semita, los fenicios, en estrecha alianza con sus parientes los hebreos, por la importancia política, militar, social y económica que habían logrado en épocas de los reyes David y Salomón recorrían el mar estableciendo factorías. El propósito, que está aclarado explícitamente en la Biblia en 1 Reyes 10:22, era la explotación de recursos naturales que abarcaba desde frutos, maderas, animales y pieles, hasta minerales estratégicos como hierro, manganeso, plata, oro, cobre y platino, que formarían parte de su riqueza nacional en Jerusalén, Tiro y Sidón.

Estos pueblos semitas, los fenicios y los hebreos, asociados para el comercio, la navegación y aun hasta para construir el famoso templo de Salomón en el siglo XII a.c., recorrieron el Mar Rojo hasta Ofir y también el Mediterráneo, cruzaron el estrecho de Gibraltar y establecieron factorías, colonizaciones y ciudades como Cartago, Gadir y Tartessos, en la parte occidental del Mediterráneo, en tierras de la actual Andalucía, España.

España era el confín del mundo, las naves tardaban tres años en ir y volver; el estrecho de Gibraltar era la puerta para la aventura definitiva y la salida a un océano que no tenía fin.

En estos confines comenzó a desarrollarse una nación imprescindible para la formación del hombre y las naciones de la tierra: España. Tartessos era un emporio de trabajo, hoy día es una leyenda, Cartago llegó a ser un hito en la historia humana, una colosal nación que luchó contra el Imperio Romano y Cadir, la actual Cádiz, fue la puerta por varios siglos a un nuevo mundo, a un océano que infundía temor y que hacía pensar que en ese lugar terminaba la tierra.

Existía una profunda relación entre los semitas fenicios y el pueblo de Israel. La Biblia dice en 1 Reyes 5:1 que Hiram, rey de Fenicia *«siempre había amado a David, el padre de Salomón»*.

Esta profunda identificación entre los dos pueblos se manifestaba en distintas facetas:

A) El trabajo conjunto para enviar expediciones marítimas

por el Mar Rojo y el Mediterráneo, según lo declarado en 1 Reyes 9:26,27 *«Hizo, también el rey Salomón naves en Ezión Geber, que está junto a Elot en la ribera del Mar Rojo, en la tierra de Edom. Y envió en ellas a sus siervos, marineros y diestros en el mar con los siervos de Salomón».* En 2 Crónicas 9:20,21 dice: *«Toda la vajilla del rey Salomón era de oro, y toda la vajilla de la casa del bosque del Líbano, de oro puro. En los días de Salomón la plata no era apreciada. Porque la flota del rey iba a Tarsis con los siervos de Hiram, y cada tres años solían venir las naves de Tarsis, y traían oro, plata, marfil, monos y pavos reales».* Vemos claramente de acuerdo a la Biblia que Salomón enviaba sus naves con la de los fenicios en un trabajo conjunto de exploración, importación, fabricación de naves y todo lo necesario para el establecimiento de factorías, con sus provisiones, guardias, ingenieros, técnicos y el servicio de intendencia necesario para mantenerse y fundar ciudades factorías en diversos puertos del mundo conocido en ese entonces.

B) En las montañas del Líbano, que era la tierra de Fenicia, trabajaban (1 Reyes 5:14) treinta mil hebreos, que se turnaban mensualmente de diez mil en diez mil. La Biblia, que es la Palabra de Dios, dice en 1 Reyes 5:15 que en el Líbano (Fenicia) trabajaban setenta mil hebreos que llevaban las cargas y ochenta mil que eran cortadores de madera. Esta decisiva colaboración muestra la intensa relación entre ambos pueblos ya que tantos obreros trabajando en el territorio vecino habla de una colaboración espiritual, anímica y económica, que solo se puede dar entre dos pueblos con unidad de objetivos.

C) Salomón construyó el templo, su propia casa, y también

otra casa en el bosque del Líbano que era, como hemos dicho, territorio de Fenicia. La construcción de la casa de Salomón en territorio fenicio enseña que la relación e identificación de ambos pueblos era total. En 1 Reyes 7: 2-8 dice: *«Asimismo edificó la casa del bosque del Líbano, la cual tenía cien codos de longitud, cincuenta codos de anchura y treinta codos de altura, sobre cuatro hileras de columnas de cedro, con vigas de cedro sobre las columnas. Y había tres hileras de ventanas, una ventana contra la otra en tres hileras. Todas las puertas y los postes eran cuadrados; y unas ventanas estaban frente a las otras en tres hileras. También hizo un pórtico de columnas, que tenía cincuenta codos de largo y treinta codos de ancho; y éste pórtico estaba delante de las primeras con sus columnas y maderos correspondientes. Hizo asimismo el pórtico del trono en que había de juzgar, el pórtico del juicio, y lo cubrió de cedro del suelo al techo. Y la casa en que él moraba, en otro atrio dentro del pórtico era de obra semejante a ésta».*

D) Salomón ejercía su dominio e influencia no solo en Israel sino en el Líbano y todos los países desde el Éufrates hasta la tierra de los filisteos, y hasta la frontera de Egipto, según está claramente expresado en la Biblia en 2 Crónicas 9:22-26 donde dice: *«Y excedió el rey Salomón a todos los reyes de la tierra en riqueza y en sabiduría. Y todos los reyes de la tierra procuraban ver el rostro de Salomón, para oír la sabiduría que Dios le había dado. Cada uno de estos traía su presente, alhajas de plata, alhajas de oro, vestidos, armas, perfumes, caballos y mulos, todos los años. Tuvo también Salomón cuatro mil caballerizas para sus caballos y carros y doce mil jinetes, los cua-*

les puso en las ciudades de los carros, y con el rey en Jerusalén. Y tuvo dominio sobre todos los reyes desde el Éufrates hasta la tierra de los filisteos, y hasta la frontera de Egipto».

Aunque Salomón tenía dominio sobre todos los reinos de su entorno geográfico, Israel tenía una relación tan especial con el Líbano, que es Fenicia, que hizo que estos participaran con sus materiales y extraordinaria ayuda nada menos que en la construcción del corazón de Israel, que era su templo. Los dos provenían de Sem y trabajaban unidos desde sus luchas comunes contra los filisteos en Palestina. Esta profunda relación se ve claramente en sus emprendimientos conjuntos dentro de sus territorios y en el exterior.

E) En 1 Reyes 5:12 dice: *«Jehová, pues, dio a Salomón sabiduría como le había dicho; y hubo paz entre Hiram y Salomón, e hicieron pacto entre ambos».*

Hubo un pacto, tratado o acuerdo, entre Hiram de Tiro y Salomón que hizo que estas dos naciones descendientes de Sem trabajaran juntas en los aspectos de intercambio comercial, protección, explotaciones económicas conjuntas, no solamente en el territorio de ambas sino también en el exterior. En ese tiempo no había ningún imperio que ejerciera la hegemonía mundial, podría decirse tranquilamente que Israel era la nación más próspera; en la Biblia se declara que todos los gobernantes del mundo querían conocer a Salomón, quien hizo un pacto con sus vecinos y hermanos de sangre ya que eran semitas como ellos y este pacto hizo que exploraran, explotaran y comercializaran conjuntamente con todas las naciones conocidas de ese tiempo. Sus barcos y personas viajaron desde India, el este de África por el Mar Rojo y el Océano Índico, hasta el fin del Mediterráneo y el Océano Atlántico, fundando ciudades, factorías y explotaciones en Cartago, Cádiz y Tarsis, en Andalucía donde llegaban sus ingenieros, guerreros y comerciantes que se establecían estratégicamente para bendición económica de Israel y Fenicia, que es el Líbano.

F) Salomón construyó una casa en el bosque del Líbano, y un arquitecto fenicio llamado como el mismo rey de Fenicia, Hiram, fue quien dirigió las obras de todos los detalles más delicados del templo, del Palacio en Jerusalén y también de su casa en el Líbano. El movimiento de tantos miles de personas que se establecieron para realizar las explotaciones forestales necesarias también movió un gran número de intereses económicos relacionados con el alojamiento, alimentación y vestido de tantas personas de Israel y Fenicia que hicieron que la complementación social y económica entre estas llegara a todos los ámbitos de las naciones, comenzando con la profunda amistad y relación que existía entre sus dirigentes.

Fenicia e Israel se establecieron para fundar ciudades factorías en el norte de África y al sur de España, provocando así una colonización importantísima en la zona que dio origen al pueblo de Cartago, cuyos dominios se extendían en ambas márgenes del Mediterráneo occidental.

Merced al relato bíblico de 1 Reyes y 2 Crónicas, vemos el aporte hebreo desde el principio, con sus tradiciones, su capacidad guerrera heredada de Saúl, David y Salomón. El aporte semita de los fenicios con su capacidad comercial y desarrollo de la navegación y colonización trabajando juntos desde los mismos comienzos de la colonización de la Península Ibérica. Los topónimos de las ciudades, ríos y montañas de España juntamente con el relato de la Biblia, nos hablan claramente de la importantísima participación de Israel en los mismos comienzos de la colonización y población israelita en territorio español.

Todo eso comenzó cuando el Imperio Griego todavía no se había formado y mucho menos el romano. Cuando los israelitas y fenicios ya se habían establecido en estas ciudades, los griegos recién comenzaban a establecerse en Creta y en el Mar Jónico, todavía faltaban muchos años para que comenzaran a desarrollarse paulatinamente antes de lograr la unidad helénica que se obtuvo efectivamente a partir del reinado del macedonio y discípulo de Aristóteles, Alejandro el Grande, en el siglo IV a.C.

Los griegos también se establecieron en España fundando auténticas ciudades que habitaron permanentemente. Estas ciudades, que eran puestos avanzados de la civilización griega, tuvieron una influencia cultural muy importante. Los griegos, que iniciaron su colonización en Ampurias al norte de la península, sobre el Mediterráneo, enseñaron el alfabeto que habían desarrollado a partir del alfabeto fenicio, no solo a los habitantes de España sino también en lo que hoy es Francia. Los griegos, siguiendo los pasos de los hebreo fenicios, traspasaron las columnas de Hércules y se establecieron a orillas del Guadalquivir, dónde extraían cobre, un metal muy apreciado en su patria.

Grecia se desarrolló en todo sentido, pero en la península itálica comenzó a desarrollarse otro pueblo: los romanos. Esta península se llamaba en épocas del Imperio Griego, «Magna Grecia», por la importancia cultural social y política de sus ciudades.

Los romanos también crecieron, se extendieron y tuvieron que enfrentar a Cartago, que como hemos dicho había sido establecida en sus orígenes por el trabajo conjunto de israelitas y fenicios. Este enfrentamiento dio lugar a las famosas guerras púnicas. Cartago fue el escollo más difícil que tuvo que sortear Roma antes de imponerse como imperio mundial. Aunque Cartago fue una ciudad estado fundada por los fenicios y hebreos, estos últimos siempre han sido ignorados por el encono general de los pueblos que se expresaba en los relatores o historiadores. Cartago era una gran ciudad y un populoso puerto en la margen sur del Mar Mediterráneo. Constituyó una verdadera metrópoli con una población superior al medio millón de habitantes.

España era parte de Cartago ya que estaba constituida por la misma gente semita, hebrea y fenicia, producto de la alianza de estos pueblos, que desde los albores de su historia habían formado en Palestina y en los lugares a donde concurrían para explotar, cobre, hierro y oro. Se habían multiplicado en enorme cantidad de poblaciones.

Según el científico historiador Juan de Pomar, que estudió en el lugar, España, las innumerables huellas que dejaron a partir de los topónimos, estos en gran número reflejan la absoluta verdad de que los primeros colonizadores de España fueron los hebreos en trabajo conjunto con los fenicios.

Las guerras de Cartago contra los romanos comenzaron por la posesión de Sicilia y luego se extendieron en varios frentes hacia España. Cuando entraron los romanos en la Península Ibérica su población estaba constituida por descendientes de los hebreos y fenicios en toda su extensión, más o menos como es en la actualidad ya que los semitas, a través de los hebreos, fenicios, o árabes han constituido la base de la población española.

Cuando los romanos se impusieron organizaron el país primeramente en dos regiones: La España citerior (Región del Ebro) y la España ulterior (Andalucía). Luego en tres, llamadas Lusitania, Bética, Citerior. El aporte romano con su organización imperial, administrativa, cultural y guerrera fue decisivo para la formación de la nación española.

Durante el gobierno romano el cristianismo hizo su aparición y como un reguero llegó a todos los confines del imperio. La reacción no se hizo esperar y la persecución de la nueva secta, como se la llamaba, se hizo muy dura en todas las regiones romanas. En Roma muchos murieron como un espectáculo público en el Coliseo, pero en todas partes la doctrina de Dios provocó airadas reacciones de los enemigos de algo tan novedoso como era que el mismo Dios se diera a sí mismo para dar a los hombres vida eterna.

El amor a los enemigos, las intervenciones carismáticas en sanidades, milagros, prodigios, profecías, lenguas, interpretación de lenguas fueron doctrinas muy novedosas, conmovedoras y transformadoras de las personas que se adherían fervorosamente dispuestas a dar su vida por Jesucristo con el riesgo que implicaba, o la rechazaban abiertamente.

Como siempre sucede, las clases cultas y acomodadas, con excepciones, tendían a mantener sus creencias, sus preferencias y privilegios que habían conseguido durante los años oscuros antes de la revelación del Hijo de Dios. Estas clases gobernantes, juntamente con el clero pagano, fueron las que se opusieron tenazmente a la buena noticia de que Dios estaba a favor de los hombres y demandaba un cambio de actitud frente a él, frente a sí mismos y a sus semejantes.

España, lamentablemente, no escapó a esta lucha contra el cristianismo y muchos cristianos dieron su vida en la Península Ibérica por la causa del Señor Jesucristo.

Los romanos no solo transmitieron a Occidente, después de haberlos asimilado para su uso, importantes elementos de la civilización griega, sino que supieron sumarle su propio aporte, elaborando el derecho, construyendo asimismo un estado muy distinto al de la minúscula ciudad griega. Los griegos solamente habían constituido un esbozo de estado pero fueron los romanos los primeros que igualaron la situación jurídica de todos los hombres libres. Fue la primera que supo hacer olvidar sus victorias y borrar la distancia entre vencedores y vencidos, sustituyendo todas las nacionalidades por la suya.

En el siglo IV, el emperador Constantino se convirtió al cristianismo e introdujo importantes innovaciones en el imperio. Fundó en la antigua ciudad de Bizancio una nueva capital: Constantinopla, como se la llamó en su homenaje. Inauguró una política de tolerancia hacia el cristianismo, a fin de conseguir el apoyo de la Iglesia Cristiana que había adquirido gran desarrollo y fuerte popularidad.

El cristianismo se convirtió en religión oficial, favorecida ahora por la intolerancia del estado hacia los otros cultos o frente a disidencias en su mismo seno, que llamaron «herejías». Las donaciones de tierras y riquezas hechas por los gobernantes y la adhesión de las clases encumbradas y del sacerdocio pagano aumentaron el poderío de la iglesia, le quitaron su sencillez original, corrompiendo su doctrina con la influencia del paganismo que se sumaba a esta nueva ola religiosa.

Las jerarquías de la iglesia se estructuraron sólidamente sobre los modelos del imperio y los sacerdotes ya no fueron elegidos por el llamamiento espiritual y las iglesias locales sino por los obispos gobernantes en acuerdo con los gobiernos de turno. A la cabeza de la jerarquía eclesiástica se hallaba el obispo de Roma, llamado luego Papa o Sumo Pontífice (denominación esta de origen latino). España no escapó a esta nueva y mundana dirección de la Iglesia. Luego, bajo el gobierno de Graciano y Teodosio, se consolidó la estructura eclesiástica en combinación con los gobernantes. En esta época los bárbaros también se adhirieron a este cristianismo oficial y aguado.

Como consecuencia del empobrecimiento económico, el debilitamiento del ejército, conflictos sociales entre las distintas clases, luchas por el poder político y la fuerza creciente de las invasiones exteriores, el imperio entró en un período de decadencia y sucumbió frente a los bárbaros. Godos, vándalos, y burgundios invadieron la Galia, España e Italia. En el año 410 el rey visigodo Alarico ocupó y saqueó Roma y finalmente, en el año 476, un general de origen extranjero, Odoacro, depuso al último emperador de Roma occidental, Rómulo Augústulo. El Imperio Romano de occidente llegó a su fin.

Roma, que había sido gobernada en su historia en forma monárquica, imperial y también republicana, era en los momentos de su esplendor lo mejor de las naciones, y la culminación práctica de muchos proyectos intelectuales griegos, teniendo en sí misma la enfermedad de las tinieblas, que finalmente prevalecieron. Petrarca, filósofo e historiador de la antigüedad, dijo que la decadencia de Roma comenzó cuando el nombre de Cristo empezó a ser venerado y adorado en su misma capital.

Esto nos hace recordar la profecía dada por medio del profeta Daniel al emperador Nabucodonosor, en la cual se habla sobre los reinos mundiales que sucederían al de

Babilonia y en la parte final, hablando de los reyes de Roma dice: *«En los días de estos reyes el Dios del cielo establecerá un reino que jamás será destruido ni entregado a otro pueblo, sino que permanecerá para siempre y que hará pedazos a todos estos reinos. Tal es el sentido del sueño donde la roca* (todos los cristianos sabemos que la roca es Cristo) *se desprendía de una montaña; roca que, sin la intervención de nadie hizo añicos al hierro, al bronce, al barro, a la plata, y al oro. El gran Dios le ha mostrado a su majestad lo que tendrá lugar en el futuro. El sueño es verdadero, y esta interpretación, digna de confianza».*

Como vemos, el mismo Petrarca reconoció un cambio en la historia cuando la Roca, Cristo, comenzó a ser reconocido como el Hijo de Dios en el Imperio Romano.

En el año 409, suevos, vándalos y alanos cruzaron los Pirineos occidentales y ocuparon España, los vándalos se instalaron al sur donde establecieron el reino de Vandalucía (Andalucía), que fue de corta duración ya que al mando de Genserico pasaron al África. Los alanos ocuparon Lusitania (Portugal) y el sur de la península, mientras una parte se unió a los vándalos, otros fueron asimilados por los hispanorromanos. Los suevos establecieron un reino de Gallecia (Galicia) —que perduró dos siglos— para ser absorbidos posteriormente por los visigodos.

En el año 507 los visigodos se instalaron en España y establecieron su capital en Toledo. Tras afirmar sus dominios contra los suevos, los reyes visigodos lograron poco a poco la unificación del país. Aunque eran cristianos, pertenecían a una fracción doctrinalmente diferente: el arrianismo que había sido duramente enfrentado en el Concilio de Nicea. Los visigodos conservaron muchos principios de la organización germana; entre ellos, el carácter electivo de los reyes. Durante el siglo VII unificaron sus leyes con las de la población de origen de la península, ya que durante mucho tiempo habían coexistido ambos derechos.

Cuando hablamos de invasiones romanas o bárbaras, por supuesto hablamos de los ejércitos y funcionarios, ya que la población original, estaba constituida por los fenicios hebreos y también algunos aportes de griegos y romanos, en el mismo concepto de soldados o dirigentes

Un gran porcentaje de la población de la península provenía de aquellos colonos que se habían establecido desde los albores de la nación española.

Los invasores germanos dieron a España una nueva fisonomía política, social, económica, cultural e intelectual que atrasó las condiciones de vida en general ya que el nombre de bárbaros era una justa denominación a la que se hicieron merecedores merced a su comportamiento. El aporte a la esencia española de los bárbaros habría que encontrarlo en su espíritu de lucha, fortaleza para el sacrificio, la dureza, el castigo y la estoicidad en el comportamiento.

En el año 711, la expansión musulmana en el norte de África coincidió con la decadencia de los visigodos en España. Los árabes al mando de Taric cruzaron el estrecho de Gibraltar (Gibraltar significa roca de Taric) y derrotaron al ejército del rey Rodrigo en las orillas del río Guadalete. Los mismos pobladores cristianos habían solicitado la intervención de los árabes que unos meses antes tomaron la población de Ceuta que venía sufriendo la dureza y mal gobierno bárbaro. Cuando llegaron los árabes fueron tomados como verdaderos libertadores.

En poco tiempo todo el reino visigodo quedó en mano de los

conquistadores. España pasó a denominarse «Al Andalus». El nombre de Al Andalus procede de la zona oriental del territorio musulmán. Proviene de Chazirat al Andalus, o de un mar Bahr al Andalus que significa Isla del Atlántico o Atlántida, que se cree fue una transmisión literaria del mito de Platón, que se puede encontrar en muchos autores clásicos, griegos y latinos.

Los árabes invadieron la península en varias oleadas al mando de Musa, que envió a Tarif y Chabal Tariq de quienes toman nombre la ciudad de Tarifa y el estrecho de Gibraltar. Según la tradición árabe se dice que Tariq encontró a su paso fabulosos tesoros, entre los cuales sobresalía la Mesa de Salomón del templo de Jerusalén, lo cual confirma lo dicho sobre la colonización semita por medio de los hebreos y fenicios.

Al Andalus fue un emirato (provincia) dependiente del califato de Damasco, hoy capital de la República Árabe de Siria, gobernado por un emir (gobernador) que residía en Córdoba. Posteriormente en el año 756 Abd er Rahman I fundó el estado musulmán español, y en el 929, Abd er Rahman III se proclamó Califa y gobernó desde Córdoba como capital, que se convirtió en el centro cultural e intelectual más importante de Europa.

Es digno de destacar que los árabes conquistaron rápida y seguramente la Península Ibérica debido a que en el primer siglo de existencia del Islam, su doctrina religiosa era mucho más flexible e incluía en su formación a la mayoría de los usos y costumbres del país que invadían.

De esta manera, los cristianos y judíos que habitaban España no fueron perseguidos ya que las leyes de el Corán, aún no habían sido enmarcadas por las interpretaciones doctrinales de los exegetas musulmanes que hicieron su aparición posteriormente a partir del siglo IX. De esta manera, los caudillos musulmanes de la conquista fueron hábiles negociadores y no persiguieron a los cristianos y judíos ya que el Corán era infinitamente adaptable en aquel entonces a las necesidades de la población no musulmana. La civilización hispanomusulmana ejerció una notable influencia sobre el desarrollo de la escolástica cristiana, que recibió la revelación de Aristóteles y del Neoplatonismo por intermedio de sabios árabes y judíos españoles como Averroes, Avicerón, Maimónides, etc. La España musulmana comenzó su decadencia cuando murió el importante líder árabe Almanzor. De esta manera los árabes comenzaron su establecimiento de ocho siglos en España y levantaron la bandera de un solo Dios cuando el cristianismo de la Edad Media había sucumbido ante la idolatría y el desarrollo de costumbres profanas recibidas del Imperio Romano, que a su vez las había recibido de los imperios antecesores que tuvieron sus creencias paganas.

Tres corrientes de un solo Dios, cultivaron el místico espíritu español, las tres dejaron sus huellas en el pueblo acerca de una fuerte creencia espiritual que fue manipulada por los gobernantes para prohibir, con actitudes no racionales, que aunque eran corrientes en épocas de la Edad Media, ya estaban modernizando y limpiando a Europa.

La máquina de prohibir y el uso y abuso de la religión para imponer intereses o ideas atrasaron a España al punto que muchos afirmaron que aunque estaba en Europa no pertenecía a ella.

La combinación de intereses de estado con los económicos

y espirituales produjo un enorme daño, ya que cambió el estilo de libertad que siempre hubo en esta península donde los cristianos convivían con judíos y árabes. España fue el país de la tolerancia y cultura antes que ninguna otra nación de Europa, se podría decir que «*habiendo comenzado por el espíritu, ahora os perfeccionáis por la carne*».

Los pueblos cristianos comenzaron a organizarse en pequeños grupos, en las zonas de Galica, Asturias y Cantabria.

La victoria en la batalla de Cavadonga por parte de Don Pelayo, significó el comienzo de la reconquista. Todas las circunstancias de su población han hecho de España un país verdaderamente singular y aunque los sucesos históricos que acontecieron son parecidos a los que se vivieron en la misma época en otros lugares de América, Europa y Asia, existen tres factores importantísimos que le confieren una distinción muy especial que excluyen cualquier factor casual y le dan una singular característica a la conformación de los habitantes de la Península Ibérica. Estos tres factores son:

• La confluencia tan particular de cristianos del Imperio Romano y de las naciones bárbaras. Hasta el siglo IV los primeros, y durante los siglos VI, VII y VIII los segundos, que tenían una visión distinta a la romana de la teología cristiana, tanto que adherían doctrinalmente a la doctrina de Arriano que se había combatido tanto en el Concilio de Nicea en el siglo IV.

• La invasión árabe a partir del año 711, que con una muy particular renovación espiritual invadía países que habían sido evangelizados por un cris-

tianismo que ahora estaba en decadencia.
Decadencia que se manifestaba no solo a nivel
del pueblo en la esencia misma y cotidiana de sus
costumbres sino también, y muy en especial, en
la conducta de la nobleza dirigente que contrasta-
ba notablemente con la renovación árabe que era
muy sincera, sencilla y muy militante en defensa
de valores morales y espirituales que le dieron la
fuerza y determinación que le permitieron realizar la hazaña de conquistar con rapidez, a prácticamente todo el mundo civilizado de su época.

• Otro factor, no menos importante, fue la inmigración de gran cantidad de judíos que concurrieron a España masivamente como una segunda
oleada, ya que la primera fue la colonización de
los hebreos en alianza con los fenicios que ya
habían colonizado toda la península con la natural multiplicación de sus descendientes.

En los Salmos, cancionero de Israel, hay gran cantidad de
referencias a España, a la que llamaban Tarsis por la colonización que desde Cartago habían hecho a toda la Península
Ibérica. Esta segunda oleada se produjo desde todos los puntos de Europa y Norte de África después de su dispersión en
todo el mundo conocido, que aunque en la época cristiana ya
era una realidad, se intensificó luego del año 70 de nuestra
era cuando Jerusalén fue destruida por los romanos.

Dios tiene un plan desde los orígenes y hasta hoy

La concurrencia a una sola nación de las tres formas de revelación de Dios como uno solo en las sucesivas ocupaciones del suelo español fue una factor provisto desde las altas cortes celestiales para lograr la formación de un pueblo muy especial, con genes de lucha, sacrificio, fortaleza y también conocimiento ancestral de la unicidad de Dios que será la esencia del misticismo y grandeza espiritual del pueblo español.

Esta concurrencia muestra el aprecio de Dios a la nación española que se ha constituido en un verdadero puente entre Europa y América, entre Occidente y Oriente, entre el Norte y Sur. Y también entre el desarrollo y subdesarrollo. En España convive la voz de Dios con la de los pueblos que sufren: Su pueblo es destinatario principal de las bienaventuranzas.

Entendemos por España, no solo la Península Ibérica, sino también todas aquellas naciones que saliendo de ella mantienen su mismo espíritu, muchas de las cuales están viviendo en la actualidad momentos de renovación en su mentalidad, en su actitud, pero sobre todas las cosas están escuchando la voz de Dios que les habla como herederos de un futuro de grandeza.

Las mencionadas bienaventuranzas están relatadas en la Biblia, en el Evangelio de San Mateo, capítulo 5:

«Dichosos los pobres en espíritu, porque el reino de los cielos les pertenece. Dichosos los que lloran, porque serán consolados. Dichosos los humildes porque recibirán la tie-

rra como herencia. Dichosos los que tienen hambre y sed de justicia, porque serán saciados.

Dichosos los compasivos, porque serán tratados con compasión. Dichosos los de corazón limpio, porque ellos verán a Dios. Dichosos los perseguidos por causa de la justicia, porque el reino de los cielos les pertenece. Dichosos serán ustedes cuando por mi causa la gente los insulte, los persiga y levante contra ustedes toda clase de calumnias. Alégrense y llénense de júbilo, porque les espera una gran recompensa en el cielo».

Como se ve, se aplican totalmente a estos pueblos que siempre miraron más allá, cuando la Península Ibérica era el fin del mundo y posteriormente cuando América era también el fin del mundo.

Toda la historia lleva a España a reconocer la voz de Dios y actuar de acuerdo a ella. ¡Vamos España!, ¡Ahora y todos juntos busquemos de corazón al Dios de la historia!

CAPÍTULO 2

RECONQUISTA, CONQUISTA Y EXPULSIÓN

D esde el momento en que los árabes llegaron a la Península Ibérica, comenzó la reconquista de ella por parte de los reyes que estaban más alejados del mar Mediterráneo. Don Pelayo, el primer rey de Asturias, comenzó la epopeya de la reconquista que se prolongaría por ocho siglos.

Esta lucha continua de ciudades o regiones españolas contra los árabes, a quienes llamaban *los infieles,* fue una circunstancia histórica que contribuyó notablemente al forjamiento del orgulloso carácter español, que nos habla de estoicismo, entrega, paciencia, capacidad para sufrir, planes a largo plazo, esfuerzo, tenacidad. Todas estas virtudes no aparecen espontáneamente, sino que se desarrollan en circunstancias producto de un marco general exigente y que condiciona desde el nacimiento hasta la muerte a individuos forjando su carácter, que vuelcan en los genes de su pueblo por siglos enteros.

Este carácter bizarro, noble, luchador y esforzado es la

mayor riqueza humana que tienen los españoles, y que en gran medida han recibido los hispanos en general. Seguramente este carácter fue preparado por Dios para que formen parte del proceso ordenado por él para una tarea muy especial en estos últimos tiempos en todo el mundo. Cuando Dios quiere bendecir a una nación la unge con la presencia de su pueblo elegido, los hebreos, para darle la oportunidad de practicar aquella promesa dada a Abraham: *«... al que te bendijere, lo bendeciré y al que te maldijere lo maldeciré».* Esto tiene asidero ya que las naciones en donde se ha establecido mayor cantidad de integrantes del pueblo de Dios, recibieron rápidamente los beneficios en su engrandecimiento general. Se podría mencionar a Estados Unidos, Inglaterra, Francia, Alemania, España y Argentina como ejemplo.

Las características de los españoles los distinguieron y les fueron muy necesarias cuando iniciaron la epopeya del descubrimiento de América, su conquista y colonización, pues tenían condiciones poco comunes desarrolladas a través de los siglos. Como ya hemos dicho, España había sido colonizada por el pueblo hebreo en alianza con los fenicios y posteriormente fue refugio de gran cantidad de judíos que provenían de toda Europa, norte de África y cercano oriente. Por ello, España no escapó al sentimiento o moda del mundo en aquellos días, que veía a la inmigración judía como la causante de sus males. Esto no debe sorprendernos porque desde que Israel salió de Egipto siempre encontró el mismo tipo de resistencia, aun antes de ocupar su tierra prometida.

A partir de las famosas cruzadas en el siglo XI cada cierto tiempo, en alguna región, en algún país, se producía una erupción de sentimiento antisemita, pero esto no afectaba su economía ni el desarrollo intelectual de la comunidad.

La degradación económica que hubo en Europa en general, hizo que la mayoría de los judíos españoles comenzaran a transformarse en prestamistas, mostrando su capacidad financiera y económica adquirida durante siglos de luchas, persecuciones y privaciones, calamidades que desarrollaron en los hebreos las cualidades de ahorro e inversión inteligente.

En España había comunidades sindicales judías que agrupaban a artesanos, mercaderes, albañiles y cerrajeros judíos. También había agricultores y comerciantes de productos agrícolas, así como en el ramo naviero, haciendo el servicio de transporte entre los pueblos del Mediterráneo. En la vida intelectual los judíos constituían una comunidad muy poderosa.

En cuanto a los financistas judíos, su ocupación característica no era la simple transacción del préstamo a interés, sino operaciones en gran escala como la de tomar una concesión de impuestos, que se transformó en una ocupación judía muy difundida. Se constituyeron así en empresarios de gran influencia, ya que al mismo tiempo eran tesoreros reales, ministros de finanzas y proveedores del ejército. Vivían fastuosamente, en residencias palaciegas, a menudo fortificadas. Eran también populares entre sus propios correligionarios, caracterizados por ser generosos mecenas de las ciencias y las artes. Pero a la larga no era raro que el éxito de esos magnates judíos provocara la intriga y envidia de los rivales, el odio de parte de la población cristiana y la codicia de los dirigentes del país.

Seguramente el desarrollo de esta comunidad permitió la bendición que recibió España al comenzar la gesta descubridora y colonizadora, la cual sin duda debe haber sido el acontecimiento mundial más importante en este milenio.

El descubrimiento de América pudo ser posible porque había material humano en España para emprender hazañas de gran aliento, por lo que hemos mencionado anteriormente. El carácter esforzado y el espíritu guerrero se habían desarrollado previamente, por las crisis, los cambios nacionales por las distintas invasiones de pueblos muy distintos. Esta formación del pueblo mediante estos factores, sucedió con muy pocos pueblos en la historia. Esta oportunidad o gran bendición del sufrimiento y sacrificio la recibió el pueblo español, como hemos dicho, desde los comienzos de la existencia de España.

El pueblo judío participó en la formación de la nacionalidad española al establecerse en la península de la mano de sus hermanos, los semitas fenicios. No era de extrañar entonces la hospitalidad que brindó al pueblo judío que ingresaba a la península en sucesivas oleadas buscando refugio o nuevos horizontes para establecerse, ya que su tierra natal sufría invasiones de todo tipo.

Por lo mismo, la decadencia posterior de España estaría también ligada al trato que en el futuro llevaría a expulsarlos de España o a forzar su conversión al cristianismo fariseo de la época.

El año 1492 marca en la historia el hito más importante de la hispanidad, el año de la reconquista y el inicio de la conquista de todo un imperio donde no se pondría el sol, como dijo uno de sus reyes que controlaban territorios en Europa, América, África y Asia. Lamentablemente ese año también sería el de una injusta operación contra el pueblo de Dios que ya se había cometido en otras naciones de

Europa: la expulsión de los judíos.

Imperios como el azteca o el inca, regiones de potencias americanas como los mayas o chibchas, comunidades aborígenes con extensiones territoriales del doble del tamaño de Europa quedaron bajo el dominio español. Esta empresa requería un temple especial, un coraje, decisión y firmeza como nunca se habían visto en todo el mundo. El pueblo español se brindó totalmente a esta tarea que por indicación de los propios reyes consistía en «evangelizar» a los nativos de América, claro que lo hicieron con la levadura de los fariseos, de la que hablaba Jesús y aunque parece contradictorio, esto también era el plan de Dios para América.

De esta conquista de América resultaron ciudades y naciones de vital importancia en el mundo de hoy, como la ciudad de México (la más grande del mundo en la actualidad). Las naciones de América como Argentina, la de mayor superficie territorial de habla española y granero del mundo y centro cultural de América del Sur. Venezuela, Colombia, México, Perú, Chile, Ecuador, Uruguay, Paraguay, Guatemala, Costa Rica, Honduras, Nicaragua, Cuba, Dominicana, Bolivia, Panamá, Filipinas, Guinea y el Estado Asociado a Estados Unidos de Puerto Rico. No deben dejar de mencionarse los estados de California, Arizona, Texas y Florida, donde viven casi la misma cantidad de hispanos que en España o Argentina.

Otros hechos portentosos y admirables para España fueron: el descubrimiento del Océano Pacífico, al que llamaron Mar del Sur, el descubrimiento de la cordillera más larga del mundo, la Cordillera de los Andes, el descubrimiento y navegación del río Amazonas, del Río de la Plata, del Mar Caribe, de las Cataratas del Iguazú. Cruzaron selvas impenetrables como el Matto Grosso, desiertos como el de Atacama, cordilleras con cumbres siempre nevadas con alturas de casi siete mil metros, conquistaron imperios y enfrentaron lo desconocido como nunca antes ningún pueblo en ningún lugar del mundo ni de la historia, en el espacio o el tiempo, lo había hecho.

La conquista no era todo ya que la organización administrativa, de transporte, organización política, requirió la formación de una empresa descomunal que solamente podía haber realizado un pueblo preparado para ello por los factores mencionados en el capítulo anterior.

La inmersión española en el mundo árabe le dio acceso a la cultura más avanzada de la Edad Media. Los musulmanes, que en cierto sentido se comportaban como herederos directos de los griegos, aportaron sus conocimientos matemáticos, filosóficos, culturales, geográficos, astronómicos, artísticos y arquitectónicos a través de la Escuela de Traductores de Toledo. Una muestra importante de ello es el célebre astrónomo español Al Becrí, que ya había adherido a la teoría de Alfraganus sobre la esfericidad de la tierra en el siglo X. Por otra parte, en la misma Biblia ya se hablaba de esta esfericidad.

En la escuela de Toledo, donde confluían también una gran cantidad de sabios judíos, se expresaban los últimos adelantos del conocimiento de la Edad Media en materia de educación y desarrollo cultural.

España recibió algo muy especial de los árabes: la universidad, institución que fue llevada por España a las naciones de América. En América Latina hubo, gracias a los españoles, universidades doscientos años antes que en

América del Norte.

Toda la región de América Latina, incluyendo España es la gran reserva de la humanidad en asuntos espirituales, por la preparación espiritual del pueblo, su sufrimiento y el estoicismo con que sobrelleva el presente con una callada y muy profunda oración a Dios para que establezca su reino en la tierra.

La trascendental importancia del encuentro en España de la civilización árabe con la cristiana y la judía, juntamente con el legado que esto significa, todavía no ha sido debidamente justipreciado por la humanidad.

Tres hechos fundamentales en 1492: la reconquista, la conquista y la expulsión de los judíos españoles, constituyen realidades tan impresionantes que parece imposible que se hayan podido realizar en un solo año. Estos hechos hablan de las emociones fuertes, los sufrimientos intensos e imposibles de contar que han formado al pueblo de España y que han influido notablemente en el carácter de los hispanos de América.

El Dios de la historia habla por la historia

En un mismo año tres hechos definitivos relacionados con la misma acción soberana de Dios sobre una nación, no suceden espontáneamente ni tampoco por casualidad.

Los tres grupos que creen en un solo Dios formaron la nación española y tres hechos importantes con esos tres grupos definitivos para la humanidad tuvieron lugar en el mismo año.

El 2 de enero de 1492 el rey Boabdil capitula en Granada ante los reyes católicos. Tiene que ver con el pueblo musulmán.

El 31 de marzo de 1492 los Reyes Católicos emitieron el famoso Edicto de Expulsión que ponía fin a la presencia milenaria del pueblo judío.

El 3 de agosto de 1492 Cristóbal Colón inicia en el Puerto de Palos el viaje más importante de la historia, este hecho tiene que ver con el pueblo cristiano. La Biblia dice: *«Que sepan las naciones que no son sino hombres».* Dios ha dado un papel fundamental a España en la historia de la humanidad. Aunque estas tres fechas son cosas del pasado, sirven para certificar la importancia de esta nación cuyo trabajo no ha terminado, pues le espera la participación más importante que pueblo alguno haya tenido y es la de liderar el conjunto de naciones hispanas con el apoyo de las huestes celestiales, para el establecimiento del reino de Dios en la tierra.

CAPÍTULO 3

ESPAÑA Y LATINOAMÉRICA SON UNA SOLA NACIÓN

D urante siglos se ha entendido a Tarsis como España. Este nombre fue la denominación hebraica del país de los Tartessos, desde la península y hasta Cerdeña. Las citas bíblicas sobre Tarsis son innumerables, en una de ellas en el Salmo 72:10 dice: *«Los reyes de Tarsis traerán presentes»*.

En una fecha muy remota un pueblo llegó desde el Asia Menor y se radicó en la actual Andalucía, allí reinó largos años Arganthonio, según Herédoto. Los puertos de Tarsis dominaban las columnas de Hércules; explotaban sus minas desde tiempos inmemoriales (5000 a 2000 a.C.), aun antes de que existieran las ciudades súmeras. Sus pasturajes eran excelentes, como sus rebaños, su vid, su trigo. La organización social era muy adelantada.

Según dice la Biblia en Génesis 10:2-4, Tarsis era uno de los hijos de Javán. Al parecer por lo que dice en el Salmo 72:10 Tarsis era una metrópoli, puesto que se la jerarquiza por sobre el resto de las islas. Los buques de Tarsis eran sinónimo de grandes naves. *«Ciertamente a mí esperarán los de la costa, y las naves de Tarsis desde el principio, para traer tus hijos desde lejos».*

Las naves de Tarsis eran de gran tonelaje, hechas para largas travesías por todo el mar Mediterráneo. Una de esas naves fue abordada por Jonás en su afán por desobedecer a Dios y no ir a Nínive a predicar. Esto está relatado en Jonás 1:3 (RVR60): *«... y descendió a Jope, [la actual Haifa], y halló una nave que partía para Tarsis; y pagando su pasaje, entró en ella para irse con ellos a Tarsis, lejos de la presencia de Jehová».*

Por este pasaje bíblico vemos que había un servicio regular de pasajeros desde Israel a Tarsis donde cualquiera, pagando su pasaje, podía atravesar todo el mar Mediterráneo y llegar a España. Los tarsianos o tartesios habitaban la actual Andalucía. Eran una mezcla de fenicios y hebreos, producto de la alianza entre pueblos semitas, que se había formado entre Hiram, rey de Tiro, y el famoso rey Salomón en las épocas del mayor esplendor del reino de Israel.

Los fenicios aportaban sus conocimientos marítimos y los israelitas su financiación y aptitud para la guerra que habían adquirido durante siglos para lograr establecerse en la tierra que Dios les había prometido por medio de los profetas.

Estos fenicio-israelitas provenían de sus tierras originales en Asia y otros del norte de África desde Cartago, plaza que había sido colonizada años antes y desde donde siguieron camino hacia el Oeste.

Tarsis, España, estuvo siempre en un cruce de caminos y fue, y seguirá siendo, un puente entre el oriente de Asia y América, entre Europa y África.

En 1492 comenzó una epopeya, considerada la mayor del mundo y de la historia, conquistar nada menos que un continente, pero no solamente para su explotación sino para su engrandecimiento. Muchos príncipes nacieron de sus lomos en esa «aventura» de seguir con la tradición, la cual era ir con sus grandes navíos más allá.

El temple forjado en la reconquista de su nación les permitió a los españoles presenciar el nacimiento de naciones en una extensión tal como nunca antes se había visto y como nunca se vio hasta ahora en la historia de la humanidad.

Los hijos de la madre patria, España, bien pueden ser considerados los príncipes a que hace referencia la profecía bíblica cuando habla de Tarsis y sus príncipes (Ezequiel 38:13), en otra versión bíblica dice: *«Tarsis y sus leoncillos»*. El proceso colonizador que duró varios siglos fue realizado con mucho sacrificio, dureza y también enormes injusticias, sobre todo, con los primitivos habitantes de América.

Desde México en el norte y hasta el polo sur hay miles de kilómetros cuadrados y, con la excepción de Brasil, un solo idioma, una común fe cristiana, que ha sido casi impuesta a la fuerza. Esta mezcla de americanos y españoles tienen una identificación común alrededor de costumbres relacionadas con lo cotidiano como el saludo, la plegaria, la amistad, la familia, la humildad, la sencillez, el esfuerzo, el trabajo y la esperanza de un futuro mejor.

La independencia de las repúblicas surgidas de la luchadora España fue un hecho fortalecedor y debilitante a la vez. Al suceso de la independencia de las naciones latinoamericanas de España no se debe considerar como un mero despertar de conciencia nacional individual, sino como un proceso de madurez que permitió ver el desarrollo de las naciones hijas y la necesidad de asumir su propia identidad, como un hijo que siendo joven llega a una edad en la cual necesita ser liberado de la paternidad y asumir su propio camino. En realidad, la independencia no fue exclusivamente de España, sino también independencia unas de otras naciones hermanas, lo cual confirma el proceso de la temprana afirmación individual de naciones.

No obstante, los grandes hombres latinoamericanos se opusieron a la división entre los «príncipes de Tarsis». Simón Bolívar, Monteagudo, Artigas, San Martín y otros, proponían una federación de países para marchar en el destino común. Bolívar dijo: «El único remedio es una federación general ... más estrecha que la de los Estados Unidos de Norte América».

Estas buenas intenciones no pudieron concretarse porque la formación de las naciones y también de las personas requieren un proceso, donde las aristas del egoísmo, orgullo, interés propio, deben desaparecer para que aflore en el alma y el espíritu, un deseo de ser conformados al propósito de Dios.

Como cualquier persona que se aparta de su familia, o de su comunidad, las naciones que no son sino hombres, también sufren. Deben soportar todo tipo de presiones y contradicciones externas e internas. Esto mismo pasó con todas las naciones nuevas de Latinoamérica. Algunas más débiles que otras, todas distintas, con particularidades, extremas a veces, sufrieron un proceso de desarrollo en el orden económico, social y político, casi siempre en soledad y bajo presiones de otras naciones que quisieron aprovechar la oportunidad de influir con su comercio de dinero o simplemente de productos, marcas o patentes.

Algunos países importantes intervinieron en los asuntos

internos en forma a veces directa, otra por presiones y agentes interiores que muchas veces traicionaron los objetivos de sus propios hermanos. Este proceso todavía no ha terminado pero pronto llegará a su fin, ya que la madurez está aflorando en los pueblos y sus dirigentes, pero sobre todo, el Dios de la Biblia que fue un faro de luz para el desarrollo de las naciones del norte de Europa, está iluminando los países de Latinoamérica.

La Iglesia de Jesucristo crece incontenIblemente como en la iglesia primitiva, con las consiguientes demostraciones del espíritu y de poder, como dijera el apóstol Pablo en su Primera Carta a los Corintios, en la Grecia actual.

España, la madre patria, la gestora de todas estas naciones, al verse privada de su natural relación con sus naciones hijas, también sufrió las mismas o parecidas enfermedades que los «leoncillos de Tarsis».

Los príncipes de Tarsis hoy son verdaderas naciones organizadas con casi dos siglos de existencia. Argentina tiene una extensión territorial de dos millones ochocientos mil kilómetros cuadrados, México tiene una población de noventa y cinco millones de habitantes, casi tres veces más que la población de España.

Son veinte naciones, veintiuna con España, que constituyen un grupo de la humanidad muy importante con un interesante desarrollo en casi todos los aspectos de la vida humana.

La fantástica epopeya española de colonizar y administrar a tantos países en América no fue obra de la casualidad ni tampoco una tarea fortuita para unos pocos siglos, ni algo del pasado que está terminado, sino algo muy profundo que tiene que ver con la bendición de Dios para toda la tierra.

Como dijimos, hay un hilo conductor en todo el proceso

formador de Tarsis y sus príncipes, y tiene que ver con el desarrollo de las personas, o grupos de personas participantes en este proceso, los españoles. También tiene que ver con la formación de las naciones, la Biblia dice: *que sepan las naciones que no son sino solo hombres.* Detrás de todo el sufrimiento de conquista, reconquista, colonización, separación y reencuentro hay un proceso de Dios para la formación de una sola y gran nación, que creyendo en Dios, lleve la conquista a áreas espirituales así como ya las ha llevado a cabo en esferas territoriales y humanas.

Una gran nación puente, capaz de beneficiar a toda la humanidad, con un gran sufrimiento en muchos frentes, lo que sin duda constituye la gran base para un desarrollo en todo aspecto. Un puente entre lo antiguo y lo moderno, entre sistemas de gobernación, entre América y Europa, entre oriente y occidente. Esta nación debe escuchar el mensaje de Dios.

Hoy en día la nación más poderosa de la tierra es Estados Unidos de Norte América, fruto de la colonización inglesa que se produjo doscientos años después que el establecimiento de España en América. Algunos territorios fueron tomados a uno de los leoncillos, en este caso México, a quien pertenecían los territorios de: California, Nevada, Nuevo México, Arizona y Texas en el año 1848. Otros territorios fueron pasando a los Estados Unidos por tratados o como resultado de conflictos bélicos.

En este caso Florida, que fue adquirida a España en 1819 y el Estado Libre Asociado de Puerto Rico que pasó al dominio de Estados Unidos después de la guerra de Cuba, en 1902. A pesar de estos cambios de dominio territorial pareciera que una ola de restauración del orden natural se está produciendo paulatinamente. El establecimiento de una numerosa población hispana en forma masiva, procedente de muchos países de América, se suman a los que nunca se fueron, ya que han sido sus pobladores o colonizadores originales.

La gran inmigración en masa que se está estableciendo en Estados Unidos está restableciendo las pautas originales hispanas en territorios que aunque ahora no pertenecen a países hispanos, los pueblan habitantes hispanos que traen sus pautas culturales, lingüísticas, costumbres e idiosincrasia. Artistas hispanos son aceptados y llegan a grados de popularidad impensadas hasta hace poco tiempo. El idioma español es el más requerido como segunda lengua. En todo los Estados Unidos, se oyen las tonadas mexicanas, colombianas, cubanas. En Hollywood, una nueva generación hispana triunfa en la meca del cine, actores y directores se hacen acreedores a popularidad y fortuna. En los deportes también se destacan. Hay en la actualidad quinientos diarios que se editan en español en los Estados Unidos y crece el número de periodistas hispanos. La radio y la televisión latinas suman cada vez más audiencia.

La bebida gaseosa llamada Materva, de Cuba, es muy popular y el mate, de Argentina, están logrando establecerse aumentando su consumo como si fuera en los países que son los llamados en la Biblia «Los príncipes de Tarsis».

El padrón de votantes hispanos creció explosivamente, y aunque la comunidad siempre fue proclive a la no participación en las urnas, la comunidad hispana tiene alrededor de diez millones de votantes para las elecciones presidenciales. Es demostrativo del poder electoral hispano que en la gobernación de dos importantes estados norteamericanos como Texas y Florida, han resultado electos dos gobernadores republicanos, por los que los latinos no votan generalmente. La razón de la elección de los hermanos Bush es que estos profesan admiración por la cultura latina, los dos hablan español, habilidad que explotaron en sus campañas políticas, que llevaron a cabo al ritmo de mariachis en Texas y Guantanamera en Florida, y están casados con mujeres hispanas. Uno de ellos, George Bush, fue elegido recientemente y es el presidente en la actualidad. En el año 2001, en su primer acto político después de haber sido proclamado presidente, acudió a una masiva concentración de partidarios hispanos en la que participaban cantantes de habla española procedentes de varios países; se dirigió a los asistentes en idioma español para comunicarles la decisión de su partido: *Que el sueño americano sea de todos*. Este primer mandatario no pierde oportunidad de dirigirse a sus eventuales votantes hispanos en el idioma español.

En el Congreso de los Estados Unidos hay diecinueve representantes hispanos. Como vemos, se va produciendo un desplazamiento poblacional hispano, a modo de inmigración y colonización, ya que la participación de los hijos de la América española es en todos los niveles, no solamente en política, sino en las artes, las comunicaciones, las fuerzas armadas, empresariales, científica, etc. De esta manera, se va restableciendo el espacio cultural hispano. Esto se puede producir porque las naciones «príncipes de Tarsis» están vivas y son cada vez más fuertes.

El nuevo presidente, George Bush, ha dado impulso en estos últimos tiempos a un compromiso democrático de

Estados Unidos de Norte América con los países latinoamericanos para impulsar un área de libre comercio para el año 2005 y para apoyar el fortalecimiento de las naciones hispanoamericanas. El presidente Bush dijo en el discurso inaugural lo siguiente: «Me ha quedado claro que el nuestro es un continente unido por la libertad». El presidente de México a su vez afirmó: «América entra en el siglo XXI con el pie derecho, reconociendo los errores y los rezagos del pasado y trazando las líneas estratégicas para el futuro».

Así las naciones latinoamericanas, Estados Unidos y Canadá se han unido para desarrollar un área de libre comercio de estas naciones que representa la eliminación de las fronteras económicas de estos países, exceptuando a Cuba.

Esta será la zona de mayor número de consumidores del mundo con un Producto Bruto Interno superior al de la Unión Europea, por esta unión circularán los productos de los países latinoamericanos, Estados Unidos y Canadá libremente, sin barreras arancelarias ni subsidios que afecten la libre competencia.

Entrará en vigor antes del mes de diciembre del año 2005 en forma gradual, requiriéndose la aprobación de cada nación participante.

Como vemos, los leoncillos de Tarsis se están uniendo, esto lo está haciendo el Espíritu Santo que ha comenzado a actuar soberanamente levantando obreros cristianos que anuncian las buenas noticias por todo el continente y España.

En los últimos tiempos las relaciones entre los países producto de la colonización ibérica y su madre patria han experimentado un salto cualitativo en dos aspectos fundamentales que son:

A) La reincorporación española a la comunidad de naciones europeas que le da a la política exterior un valor extra, al convertirse España en bisagra o nexo entre Europa y Latinoamérica desempeñando el papel de defensora de los intereses americanos ante el resto de los estados miembros de la hoy Unión Europea.

Recientemente se realizó una reunión cumbre para consagrar una alianza entre los países de Latinoamérica y la Comunidad Europea constatándose que los países hispanos constituyen una de las regiones del mundo con un futuro más prometedor, independientemente de los vaivenes coyunturales al que todas las naciones se hayan expuestas.

B) Las empresas españolas han volcado en los últimos años sus inversiones hacia la región de los «Príncipes de Tarsis», convirtiéndose estos en el principal destino de las inversiones que tienen vocación de permanencia en la región, a la que consideran como si fuera su propia patria, sin el carácter especulativo que frecuentemente tienen los capitales que acuden a Latinoamérica.

Hoy en día es España el primer país inversor europeo en la región y el segundo país del mundo tras los Estados Unidos de Norte América. Estas inversiones podría decirse que son naturales ya que España ha dejado su espíritu en América y los españoles no son considerados extranjeros en ningún país de habla hispana. Se demuestra así lo que es conocido, que patria es el idioma aprendido en la infancia. Existe un compromiso espiritual entre España e Hispanoamérica que va mucho más allá de las cifras y que se explica en unas relaciones francas y humanas reflejadas en el diario vivir de una sociedad muy vinculada por lazos múltiples y que comparten los avatares de los demás como si fueran propios.

España está en una situación privilegiada en Europa, su posición de puente se manifiesta aun en el aspecto geográfico, como un gran dedo índice señalando hacia América Latina. Con una separación de los países árabes por apenas unos pocos kilómetros, con dos ciudades en África a las que considera como continentales, con una ascendencia con las naciones árabes desarrollada por ocho siglos de compartir la misma tierra. Un español no es extranjero en América Latina, y no es tan extranjero en los países árabes. España podría decirse que es europea, americana y africana a la vez, y estos no son títulos gratuitos sino que tiene sobrados derechos a ellos.

En la tarea de evangelización a las zonas más difíciles, que se cree que son las de influencia musulmana, cristianos de América Latina y de la Península Ibérica tienen la oportunidad de llegar con un evangelio puro a los árabes y judíos, que fueron escandalizados con el mal testimonio de cristianos que al serlo solo de nombre, no representaron dignamente a Jesucristo. La mejor forma de conquistar es el amor y esta es la oportunidad de España y Latinoamérica y como hemos leído, cuando decimos España, no nos referimos al mero país de Europa sino a España y a toda América Latina.

América Latina y España son una sola nación

Así como América son tres: América del Sur, América Central y América del Norte, también lo son los pueblos que predominaron en España y que creen en la unicidad de Dios. América Latina es la reserva mundial en cuanto al desarrollo de los pueblos en el área social, económica y política.

En América Latina en general hay una expansión en forma explosiva de la predicación del evangelio con las señales que le siguen de acuerdo a Marcos, capítulo 16. Hace pocos años atrás, las iglesias pentecostales en América Latina eran escasas y dispersas y muy pocas personas sabían acerca de las palabras griegas *carisma* o *carismática*. Hoy en día, en todos los grupos cristianos se habla del carismatismo y los cristianos pentecostales, que aceptan la experiencia de Pentecostés, que se ha convertido en una fuerza espiritual impresionante que a pasos agigantados gana almas para el Señor Jesucristo.

La Iglesia de Cristo gana personas para Cristo en todos los estratos sociales del continente.

Un despertar, como nunca fue conocido en la historia, se espera en los próximos años para este continente. España será el nexo entre los profetas españoles de toda América y los países musulmanes. Los años difíciles que soportaron los judíos en España y todo el mundo, han llegado a su fin. Este es el momento de España y América Latina en conjunto.

CAPÍTULO 4

EL HOMBRE HISPANO

Es sorprendente, y casi incomprensible, dilucidar que, de toda la creación, solamente el hombre posee libre albedrío por el cual puede decidir, ser, progresar, embellecer, idealizar o perfeccionar, así como estropear, aniquilar, arruinar y destruir hasta la propia tierra que lo contiene. El gran propósito de Dios en su diseño del hombre ha sido dar a conocer su gloria por medio de él. En la Biblia, que es la Palabra de Dios, está escrito en Colosenses 1:27: *«Cristo en vosotros, la esperanza de gloria».* A pesar de ser este el proyecto de Dios para el hombre, la Biblia declara que cada uno se fue por su propio camino, porque eligió gobernarse a sí mismo dejando el destino de grandeza que tenía preparado manejándose conforme a sus propios deseos y pasiones.

El hombre hispano es el típico exponente de las personas que han dejado a Dios y salieron en búsqueda de lo que han llamado «su propio destino». El hombre hispano ha sido finalmente el producto del desarrollo de siglos de civilizaciones superpuestas, con luchas, fracasos, ilusiones y seguramente más visión que la mayoría de los hombres de otras naciones.

Tiene algunas características muy especiales que ha contagiado a la mayoría de los pueblos que componen lo que hemos llamado en el capítulo anterior, «Tarsis y sus príncipes». Veamos algunas de estas características:

• No es conformista sino poseedor de un importante afán de enriquecimiento. Esto lo predispone y condiciona a crearse un mundo prodigioso, más confortable y placentero para él y los suyos, aunque a la larga, muchas veces este mundo termina por esclavizarlo. Este constante y coherente deseo lo ha motivado para emprender las más sublimes y arriesgadas empresas, pero a la vez, se ha manifestado como un verdadero acaparador de riquezas, con el fin de acumular poder y manejar a los demás.

• Se caracteriza por sus deseos de poder, gloria, mando, honores, sobre el resto de la sociedad. Vemos a través de la historia, que quienes fueron poseedores de estos incentivos personales no se arredraron ante ningún obstáculo, llegando incluso hasta el máximo sacrificio en orden individual y colectivo.

Para los aborígenes de América no fue fácil defenderse de verdaderos conquistadores, muy duros, que no dudaron en usar armas como la demagogia y la persuasión engañosa y falaz, utilizadas con mucha frecuencia en su ambiciosa tarea de conquista y colonización.

Otra característica de los hispanos ha sido el fuerte personalismo, que ha hecho que frecuentemente regateara su contribución al logro común de las sociedades en las cuales ha participado tanto en España como en América.

Reza un viejo dicho que: «Lo que mejor termina por convencer es lo que más duele» y los españoles solo suelen escarmentar en carne propia, sin tener en cuenta la experiencia de los siglos. Tal vez sea esta la razón por la cual han sufrido una dictadura tan férrea como duradera hasta hace unos pocos años. Los países hijos de España también anduvieron por el mismo camino de soportar dictaduras militares y muchas veces personales que han demandado paciencia y sufrimiento, desarrollando personas muy especiales abiertas para escuchar la palabra de Dios. Dice un verso de Martín Fierro, una obra de literatura emblemática en Argentina: «Porque nada enseña tanto como el sufrir y el llorar».

Estas duras experiencias han puesto a los españoles en el conocimiento actual de que la única fuerza destinada a prevalecer es la fuerza de la asociación y la solidaridad, que unida a la del espíritu, es mucho más saludable y redentora que la fuerza elemental del músculo del cual han dependido tantos siglos.

Como vemos, la mayoría de estas características son comunes a los hombres de todas las latitudes, ya que el aprendizaje personal de los errores y fracasos siempre ha sido el escollo más duro en general para la humanidad. El apóstol Pablo decía: *«Esta tribulación momentánea ha de producir en mí un mayor peso de gloria».*

En estos momentos Dios está hablando a España y sus naciones hijas y se está produciendo una nueva clase de conquistadores y colonizadores en el espíritu que juntamente con los pueblos de las naciones «príncipes» de América tienen virtudes que bendecirán a la humanidad entera. Veamos algunas de ellas:

• Son hombres dotados de una gran generosidad y se saben dar a los demás.

• El pueblo hispano ha desarrollado virtudes perfeccionistas y se encuentra abocado al proceso de su propia transformación, especialmente desde la apertura española a Europa.

• El hombre hispano es capaz de responder a todas las variantes de la palabra «amor» y hasta puede darse totalmente en adoración a Dios, en forma abierta y desinteresada.

• El hispano sabe luchar con armas coherentes por lo que considera justo y ha probado infinidad de veces, especialmente en años recientes, que en cualquier momento es capaz de morir por una «causa» o «ideal». Esto es lo especial de nuestro Señor Jesucristo, que dio su vida por todos los hombres.

• El hombre hispano es muy individualista, le está llegando a lo profundo de su alma el evangelio «personal». Por esta cualidad de individuo sumamente personal sabe asumir los riesgos de sus propias decisiones que incluyen una entrega total a las causas del espíritu.

• El hombre hispano tiene gran imaginación y además es muy capaz de reconocer autoridades espirituales que determinan el curso de su vida e incluso de su nación, exponiendo de esta manera una gran cuota de humildad.

• Es protagonista ahora de su orden social, por lo tanto sabe relacionarse, agruparse, comunicarse y proyectarse, forma núcleos, hermandades, entidades, corporaciones. Por sus cualidades de relacionarse y asociarse a sus semejantes demuestra su «conciencia de equipo» y también posee una excelente propensión a dar y recibir de los demás francamente.

• Tiene una sorprendente capacitación e incluso es proclive a la autocrítica. Se ejercita en el reconocimiento de sus propios errores y hasta es capaz de neutralizarlos con gran objetividad. Es capaz de transformar un desierto en un vergel (lo ha hecho frecuentemente en su historia). Extrae melodías a seis cuerdas con rasgos distintivos que sigue fielmente. Le pone nombre y apellidos a estrellas lejanas, ciudades, ríos, montañas, nuevas ciudades y también es un gran bohemio, capaz de bailar bajo la lluvia en situaciones difíciles.

• El hispano es un hombre imprevisible, tan capaz de sentir miedo como de vencerlo, tan capaz de crear verdades como de llegar a ignorarlas después. Tal vez su actitud sea su mayor gloria.

A estos hombres Dios los está llamando otra vez a conquistar el mundo con la influencia del Espíritu Santo, pero esta conquista no será para unos pocos siglos sino para la eternidad. La razón de este llamado se puede encontrar en la intensa preparación espiritual a la que han sido expuestos, preparación para la lucha, para la conquista y reconquista de linajes y territorios, de oportunidades y desarrollo. Estamos viviendo el momento en el que el hombre hispano escuchará la voz de Dios que dice: *«Levántate, ... y ven[te llama él]».* (Cantares, capítulo 2).

El llamado de Dios a la terminación de su obra magistral en el hombre de esta España ha crecido y se ha multiplicado, dando a luz a otras naciones. Y como las naciones son hombres, según hemos visto en la Biblia, Dios se interesa en los hombres, para dejar su sello de semejanza con la cual fue creado y a cada uno en particular ha elegido, desde antes de la fundación del mundo.

Llamado al hombre hispano

«Alza tus ojos y mira desde el lugar donde estás hacia el Aquilón y al Mediodía, y al Oriente y al Occidente; porque toda la tierra que ves, la daré a ti y a tu simiente para siempre» (Génesis 13:14-15,). Esta promesa inicialmente fue dada a Abraham, que era un peregrino y estaba acostumbrado a creer en Dios con objetivos grandes. En Gálatas 3:16 dice: *«A Abraham fueron hechas las promesas, y a su simiente. No dice: Y a las simientes, como si hablase de muchos, sino como de uno: Y a tu simiente, que es Cristo».* Luego en el versículo 29 de ese mismo capítulo expresa: *«Y si vosotros sois de Cristo, ciertamente la simiente de Abraham sois, y conforme a la promesa sois herederos».*

Dios quiere dar una tierra prometida. No solo invita a los hombres a levantar sus ojos y mirar desde el lugar donde están, sino conociendo que por lo general su visión es corta por su naturaleza, les da de su Espíritu, para que puedan ver mucho más allá de donde alcanzaría la visión natural.

A través de las edades, de los mismos labios de Dios viene el clamor del Espíritu que dice: *«Yo soy el Señor, tu Sanador».* Algunos dirán que esto fue solo para Israel, pero Dios usa las mismas palabras para los hombres y naciones de hoy.

Nunca hubo límites para un español. No hay límites hoy para los que andan en el Espíritu de Dios y Dios está llamando a España y a sus príncipes a andar en el Espíritu y volver y conquistar la tierra.

¡Levántate y ven, te llama él!

CAPÍTULO 5

EL IDIOMA ESPAÑOL

España ha experimentado, más que ningún otro país de la Europa moderna, revoluciones y cambios que han dejado rastros permanentes en su población, lengua y literatura. Como ya sabemos, la Península Ibérica fue ocupada por fenicios, hebreos, romanos, godos y árabes; grupos de hombres completamente diversos por su condición y sus hábitos, que, mezclados entre sí o con los primitivos moradores, dieron origen a nuevas etnias, no menos distintas y características que aquellas. De la fusión de todas ellas, producida durante tres mil años de cambios y revoluciones sucesivas, resultó la actual nación española y su idioma, el castellano.

Para tener una idea de los elementos primitivos y de la historia de la lengua castellana es bueno hacer una reseña de las diferentes naciones que en distintas épocas ocuparon la Península Ibérica, y que han aportado su caudal más o menos considerable para la formación del actual carácter de la nación española, de su lengua y su cultura.

El más antiguo de estos pueblos, y que debemos considerar como pueblo aborigen en la península, fueron los íberos. Estos se extendieron por todo el territorio español aun antes de la llegada de los hebreos y fenicios. Fueron los primeros de una gran cantidad de corrientes invasoras y colonizadoras, que en diferentes épocas ocuparon luego la península. Aun hoy en día, los vascos del Pirineo son considerados, y con bastante razón, los descendientes legítimos de aquella antiquísima población.

Los primeros colonizadores de Iberia fueron los fenicios en alianza con los hebreos, quienes formaban la primera oleada de gente que el Asia derramó sobre Europa. La lucha entre estos primeros invasores y los habitantes primitivos debió ser larga y sangrienta, los que perdieron la guerra, seguramente se refugiaron en las montañas y los demás fueron amalgamándose formando una nueva nación. Se llamaron los celtíberos, y aunque distribuidos en varias ciudades, tenían costumbres e instituciones semejantes.

Este nuevo pueblo ocupaba la península cuando esta comenzó a ser conocida por las naciones civilizadas de Europa. El idioma de los primitivos habitantes, se trasluce en el castellano moderno, así como en el francés y aun en el italiano, aunque ligeramente en todos ellos.

Hasta aquí los invasores de España habían llegado por tierra, que era la única forma de invasión o emigración conocida. Pero los fenicios, aliados con los hebreos constituyeron el primer pueblo comercial de la antigüedad, arribaron poco después a través del Mediterráneo, aun antes de fundar la ciudad estado de Cartago.

La posición geográfica de los fenicios y hebreos los obligaba a promover la fundación de colonias como el mejor medio y acaso el único, de fomentar su riqueza comercial. Fundaron Cádiz, seguramente atraídos por la explotación de las ricas minas de metales preciosos que abundaban en las tierras ibéricas. Tal vez ellas constituyeron las famosas minas del rey Salomón. Cerca de Cádiz hay un cerro al que llamaban Salomón y cuando el árabe y musulmán Tariq conquistó lo que hoy es Andalucía, dicen los mismos árabes que halló la mesa del templo de Salomón.

Durante mucho tiempo fenicios y hebreos, por razones estratégicas, quisieron conservar el secreto de su establecimiento y no revelaron el origen de sus explotaciones minerales, pero fueron introduciendo su idioma y sus costumbres. Como dijimos, fundaron Cartago y con el refuerzo de esta colonia se extendieron fundando Cartagena, llegaron al río Ebro (notemos la semejanza de este topónimo con el gentilicio «hebreo») y paulatinamente se hicieron fuertes en toda la península antes que los romanos pusiesen su planta en ella.

Había huellas muy profundas, que aún no se habían borrado del todo cuando llegaron los romanos, y aunque expulsaron completamente a los cartagineses, tardaron mucho tiempo en tomar entera posesión del territorio, casi dos siglos.

España fue la primera porción del continente, fuera de Italia, que los romanos ocuparon como provincia. También fue la última que llegaron a poseer tranquilamente.

Cuando se lee a César y a Livio se advierte que la política romana hacia España fue mucho más generosa que con ninguna de las demás posesiones que sucesivamente fueron cayendo en poder de Roma.

El primer extranjero que ocupó la dignidad del primer trono del mundo fue Trajano, natural de Itálica, colonia romana cerca de Sevilla, de la cual todavía se conservan sus ruinas.

Si examinásemos con atención la historia de Roma desde los tiempos de Aníbal hasta la caída del Imperio de Occidente, probablemente hallaremos que ninguna región del mundo, fuera de Italia, contribuyó tanto como España a la riqueza, engrandecimiento y poderío de su metrópoli, Roma, así como ninguna provincia recibió en cambio tal copia de honores y dignidades. Si para Grecia, Italia era la Magna Grecia, seguramente para Italia, España era la Magna Roma, como en la actualidad para España Latinoamérica es la gran Hyspania.

De esta manera, la civilización y cultura de España se formuló y entonó sobre la cultura de la metrópoli. Esta vital provincia comenzó a proveer a Roma de escritores. Porcio Latrón, natural de Córdoba, fundó la primera escuela de retórica en Roma donde estudiaron Octavio César, Mecenas, Marco Agripa y Ovidio.

Los dos Sénecas fueron españoles, como también lo fue Lucano, nombres bastante célebres para dar por sí solos fama duradera a cualquiera de las ciudades pertenecientes al imperio. Marcial, Columela, Quintiliano y Silvio Itálico. Aunque muchos de los escritos de la antigua literatura han desaparecido, los principales de ellos, debidos a la pluma de los españoles, son con todo muy conocidos y constituyen, a no dudarlo, una buena parte de nuestro caudal literario clásico latino, así como un testimonio brillante de la civilización romana.

En toda España se establecieron las costumbres e instituciones romanas, con excepción de la zona de las montañas en las provincias vascongadas. También la caída de Roma provocó grandes trastornos políticos que duraron muchos años.

El cristianismo también fue perseguido en España, sin embargo en épocas anteriores a Constantino ya había trescientas iglesias, llegando a ser la fe dominante en toda la península.

La irrupción de los bárbaros del norte, que procedían en oleadas de las regiones del otro lado del Rin, buscando climas más benignos, produjeron una nueva y muy importante revolución en el idioma de la Península Ibérica. Primero llegaron los francos, luego sucesivamente los vándalos, suevos y alanos. Cometieron sin duda alguna, horribles excesos, causando gran sufrimiento. En el año 411 los visigodos atravesando Francia se establecieron en España, aunque antes de ello se habían convertido al cristianismo. La lengua bárbara permaneció dura y muy ruda y en ningún tiempo llegó a ser en España idioma escrito. Pertenecía a la familia teutónica y no tenía analogía alguna con el latín. El latín popular absorbió bastante léxico y amoldó estructuras gramaticales por la invasión lingüística bárbara y se conformó la base de lo que sería el castellano moderno.

Una nueva y formidable invasión imprevista e irresistible, que amenazó con destruir por entero los pocos restos de civilización y progreso que habían dejado los bárbaros, provenientes del norte de Europa, llegó desde el sur.

Los árabes, que en todas las épocas de su historia se presentan a nuestra imaginación como un pueblo singular, recibieron de la fe religiosa que les supo inspirar la fogosidad de su profeta, un impulso y fanatismo tal que no tiene parangón en los anales del género humano.

En Córdoba se estableció un califato en los años 750 que se extendió hasta la toma de dicha capital por los cristianos. A mediados del siglo XIII este califato logró un enriquecimiento intelectual de mucha gloria y renombre, que se extendió en el reino de Granada hasta 1492, con escuelas públicas y bibliotecas de los árabes españoles, que eran frecuentadas no solo por los musulmanes españoles sino también por cristianos procedentes de distintos puntos de Europa. Se cree comúnmente que el Papa Silvestre II, uno de los hombres más eminentes de su siglo, debió principalmente su elevación al pontificado por su esmerada educación en Córdoba y Sevilla.

De esta manera, la lengua española fue recibiendo aportes y transformándose gradualmente hasta cubrir toda la península. Distinta del latín puro y del latín popular que después se habló, y más distinta todavía del árabe, aunque formada sin duda alguna de la unión de ambos idiomas, y modificada por el espíritu y analogías de los dialectos góticos. Aumentada, por fin, con los restos del vocabulario de las tribus germánicas, así como con el de los íberos, celtas y fenicios, que en varios momentos de la historia ocuparon la península o parte de ella.

La lengua así formada recibió en su cuna el nombre de romance. Posteriormente se llamó española, tomada del nombre del pueblo que la usó, y posteriormente ha sido llamada con más frecuencia castellana, por aquella parte del país cuyo poder político predominó hasta más tarde. Al punto de dar a su habla una preponderancia marcada sobre las demás de la península, como son el gallego, el catalán y el valenciano, idiomas todos que, durante más o menos tiempo, fueron lenguas escritas y que tienen literatura propia.

La lengua española o castellana así formada fue generalizándose con más prontitud y facilidad que ninguna otra de sus hermanas de nueva creación que, al desaparecer la confusión de la Edad Media, brotaron en el mediodía de

Europa y reemplazaron así el idioma universal del imperio. El primer documento escrito en romance castellano, con fecha segura y de carácter genuino, es la confirmación de la cartapuebla de Avilés, hecha por el emperador don Alfonso VII en el año 1155. En este documento se ve al idioma español salir de las ruinas del latín corrompido, y poco o nada alterado por la influencia árabe.

En cuanto a la poesía, el Poema del Cid, que consta de tres mil versos, escrito hacia los años 1200, es considerado como el hito inicial en el cual el héroe popular Rodrigo Díaz, que nació en 1040 y murió en 1099, participa en la lucha que tenían moros y cristianos por la recuperación de la patria. El idioma español es el lenguaje único y oficial en más naciones que ninguna otra lengua de la tierra.

Obras cumbres de la humanidad en literatura fueron escritas en este idioma especial. Cuando España conquistó y colonizó a América, el idioma se mejoró, se enriqueció con el aporte de vocablos americanos de las distintas latitudes donde se estableció el gobierno Español. Así, a Miguel de Cervantes Saavedra (1547-1616) y Félix Lope de Vega (1562-1635) habría que agregar una lista innumerable de escritores en este idioma no solo de España sino de América del Sur, América Central y América del Norte, que escribieron, embellecieron, perfeccionaron y legaron para este futuro el idioma mejor preparado para expresar el amor, las emociones humanas y celestiales, tan es así que es llamado por los hispanos en Estados Unidos: «El idioma del cielo».

En un somero repaso, que seguramente deja a miles de escritores fuera, podríamos nombrar a: El Inca Garcilazo de la Vega, Monseñor de las Casas, Arcipreste de Talavera, Diego Hurtado de Mendoza, San Juan de la Cruz, que escribió *Cántico Espiritual, Canciones entre el alma y el esposo, Subida al monte Carmelo* y *Noche oscura del alma,* demostrando una espiritualidad y conocimiento de Dios y las personas en profundidades pocas veces vista. Luis Góngora, Manuel Quintana, Mariano José de Larra, José Zorrilla, Benito Pérez Galdos, Marcelino Menéndez y Pelayo, Domingo Sarmiento, José Hernández y al mencionar esto seguramente estamos siendo injustos con una legión de formadores del idioma que es dado en llamar en América «El idioma del cielo».

El idioma español se abre camino en un mundo globalizado. En la actualidad, el castellano es el segundo idioma en importancia estratégica. En Estados Unidos de Norte América se habla de la «Generación Ñ» haciendo referencia a la ascendente y cada vez más numerosa juventud hispana. En Europa, la mayoría de los estudiantes secundarios franceses optan por el castellano como segunda lengua extranjera, después del inglés por su utilidad. Por la cercanía geográfica y comercial, el español se está expandiendo rápidamente entre los ciento sesenta millones de brasileños. Recientemente el gobierno de Brasil promulgó un decreto por el cual se establece la enseñanza del castellano en las escuelas secundarias.

Por otra parte, los hispanos ya suman en los Estados Unidos de Norte América, treinta y siete millones de habitantes y pasaron a ser la primera minoría étnica, sin el estimativo de cinco millones de ilegales. Las proyecciones oficiales indican que en el 2050 serán más del veinticinco por ciento de la población total, con casi cien millones de habitantes hispanos. La comunidad presenta una tasa de natalidad del dos por ciento. Esto constituye la explosión poblacional más importante que recuerde la historia de los Estados Unidos de Norte América. Mejicanos, puertorriqueños, cubanos, colombianos, dominicanos y ecuatorianos son las nacionalidades que lideran este grupo al que los Estados Unidos denomina «hispanos». Su impronta se siente, sobre todo, en los estados de California, Texas, Florida, Nueva York e Illinois. La influencia del idioma español llega hasta los puntos más remotos del país de la mano de costumbres latinas que se hicieron patrimonio nacional, como la salsa picante, los tacos o las palabras *amigo, adiós ,gracias, buenos días, caballero,* que hoy son de dominio masivo entre los habitantes angloparlantes de un imperio que ya no habla solo inglés.

El presidente de los Estados Unidos dijo el día 15 de septiembre de 1998, en ocasión de la instauración de la celebración anual a la Herencia Hispana que: «Es una nación cuya fortaleza proviene de las muchas culturas y razas que la integran, los hispanoamericanos son una fuerza próspera y floreciente en nuestra sociedad y una parte vital de nuestra economía ... Mi administración se compromete a brindarles a los hispanoamericanos las oportunidades que necesitan para alcanzar sus sueños de una vida mejor».

Los autores de literatura en español han alcanzado un éxito singular en la venta de libros. Los artistas de habla hispana, así como científicos se destacan en todas las disciplinas.

Por la importancia internacional, ayudado por la moda latina en Estados Unidos y otros países anglosajones, el idioma castellano ha desplazado a las otras opciones como segundo idioma extranjero después del inglés.

El castellano se ha utilizado en muchas intervenciones del partido demócrata en las últimas elecciones del año 2000 en Estados Unidos de Norte América. Por otro lado, el presidente de es nación, George Bush, demuestra cada vez que puede, su dominio del español.

El español goza en el mundo de muy buena salud, a pesar del avance del inglés y los anglicismos que son deformaciones impuestas por el uso, especialmente en marcas o productos nacidos en las zonas de habla anglosajona. El idioma español o castellano, tiene una gran capacidad de asimilación, es muy permeable, muy democrático y se impone poco a poco no por la fuerza sino por su prestigio y utilidad. Muy pronto obtuvo prestigio internacional. El emperador Carlos I dijo en Roma: «No hablaré en otra lengua que la mía española muy conocida y estimada por todo el mundo».

La Real Academia Española defiende la unidad de la lengua por encima de todo e impulsa la gran idea de crear academias en cada una de las repúblicas hispanas.

Las academias de cada país son intercorrespondientes. Es decir que hacen todo de acuerdo, no se toma ninguna decisión relacionada con el idioma sin ser consultada con cada una de ellas. Esto se viene haciendo desde el momento en que nacieron. En 1951, se creó una asociación de academias de la lengua española. Esto incluye a la española, las diecinueve hispanoamericanas, la academia norteamericana y la filipina; en total veintidós. Esta asociación celebra congresos cada tres años para estudiar los problemas básicos y tiene una comisión permanente con sede en Madrid, integrada por dos académicos de la española y tres hispanoamericanos más.

El hecho de disponer de una ortografía única es un privilegio que valoran mucho aquellos que no la tienen, ya que es un verdadero instrumento y expresión de la unidad de los países que la componen. La academia registra los usos del idioma actuando como notario, como registrador de la lengua.

Es una gran bendición para Hispanoamérica la lengua en común ya que la comunicación en esta hora de globalización es uno de los bienes más preciados.

Pero volvamos un poco a la historia. Cuando la Reforma llegó a Europa, dos monjes católicos de un convento llamado San Isidro del Campo recibieron la primera traducción de la Biblia al castellano hecha por Francisco de Encinas y emigraron al norte de Europa, donde a su vez realizaron su traducción de la Biblia directamente del griego. Estas personas se llamaban Casiodoro de Reina y Cipriano de Valera y la Biblia que tradujeron recorrió a través de varios siglos toda América, llevando el mensaje de Jesucristo en una forma tal, que millones y millones de ejemplares cambiaron la vida de las personas, no solamente en América, sino también en España.

Esta Biblia, en el idioma del cielo, ha traído a las personas, empresas, gobiernos, e instituciones educativas, tantas bendiciones, que seguramente en el mismo cielo se contarán los hechos portentosos de la Palabra de Dios. Fue escrita y traducida por estos queridos hermanos, monjes católicos españoles, que no dudaron en exponer su vida a la muerte para participar en el gran privilegio de ser los traductores del libro más vendido en la tierra y que comunica fielmente, en castellano, la obra de Dios a favor de los hombres por medio de Jesucristo y el Espíritu Santo, verdadero vicario en la tierra, que continúa obrando hasta la segunda venida del Rey de reyes y Señor de señores.

El idioma español idioma del cielo

España: el bello idioma que Dios te ha dado después de incontables sufrimientos y experiencias, será el medio de comunicación para bendición a veinte naciones y a través de ellas, por sus mensajeros experimentados en sufrimiento y quebranto que siguen la escuela de Jesucristo, a todas las naciones de la tierra. Casi 400 millones de personas que hablan el español, serán testigos a las otras naciones de los portentosos hechos de Dios a favor de los hombres.

Tu idioma enriquecido con los aportes de un nuevo mundo como América, es en estos momentos el lenguaje nativo de personas que han sufrido muchas injusticias dentro de sus familias, sus ciudades, sus países y también por actos de naciones poderosas de la tierra.

Dios siempre toma nota de ello y ofrece para estas naciones el preámbulo del Sermón del Monte que dice:

«Bienaventurados los que ahora tenéis hambre, porque seréis saciados, bienaventurados los que ahora lloráis porque reiréis. Bienaventurados seréis cuando los hombres os aborrezcan, y cuando os aparten de sí, y os vituperen, y desechen vuestro nombre como malo, por causa del Hijo del Hombre. Gozaos en aquel día, y alegraos; porque he aquí que vuestro galardón es grande en los cielos, porque así hacían sus padres con los profetas. Mas ¡ay de vosotros, ricos! porque ya tenéis vuestro consuelo. ¡Ay de vosotros, los que ahora estáis saciados! porque tendréis hambre. ¡Ay de vosotros, los que ahora reís! Porque lamentaréis y lloraréis. ¡Ay de vosotros, cuando todos los hombres hablen bien de vosotros! porque así hacían sus padres con los falsos profetas» (Lucas 6).

CAPÍTULO 6

LA ESPAÑA QUE DA A LUZ

D urante ciento veinte años hubo tres grandes reinados en períodos de cuarenta años cada uno: Fernando de Aragón e Isabel de Castilla (1474-1516), Carlos I de España y V de Alemania (1517-1556) y Felipe II (1556-1598). La duración y calidad de estos reinados brindó a España la estabilidad y continuidad necesarias para realizar la magna tarea de dar a luz un nuevo mundo.

En el mundo viejo había novedades: la creación de la imprenta. El renacimiento espiritual expresado en las artes, música, ciencia, conocimiento, y sobre todo un despertar espiritual sin parangón demostrado en la Reforma, que hablaba de una nueva etapa y aspiraciones en los hombres. Primero España se conquistó a sí misma con la terminación de la guerra de la reconquista y con la unión de Castilla y Aragón. Castilla por sí sola constituía una de las unidades nacionales más grandes de Europa Occidental, solamente superada por Francia.

Al unirse Castilla y Aragón contribuyeron fenomenalmente a la expansión, al abrir dos frentes distintos, uno hacia el este y otro hacia el oeste. Es decir; uno hacia Europa y otro hacia América. Efectivamente, en este siglo había españoles luchando contra los turcos en oriente y al mismo tiempo en el sur de América contra los araucanos. Castilla miraba hacia el Océano Atlántico y Aragón hacia el mar Mediterráneo. Castilla nació mirando hacia el sur en permanente guerra contra los moros. Aragón estaba inserta en Europa, a tal punto, que las dependencias aragonesas en Italia eran mucho más grandes que su territorio en la Península Ibérica.

Cuando se unieron Castilla y Aragón lucharon en la península y el Mediterráneo contra los moros y abarcaron dominios desde Italia a Panamá, y desde California, Texas y Florida hasta el polo sur. Sin dejar de lado a las Filipinas, una enorme cantidad de islas ubicadas a ochocientos kilómetros de la costa de Asia, con una extensión de norte a sur de mil setecientos setenta kilómetros y un territorio de trescientos mil kilómetros cuadrados. Fueron descubiertas por Hernando de Magallanes, que reclamó ese territorio en nombre de España. En 1564 una expedición colonizadora española partió desde Nueva España (México) hacia el oeste para colonizar las islas Filipinas, en el Suroeste de Asia.

La República de Filipinas tiene en la actualidad una población de setenta millones de personas. Su capital, Manila, fue fundada en la isla más grande del archipiélago, Luzón, en el año 1571, nueve años antes que Buenos Aires.

El nombre de estas islas, que en la actualidad son una república, deriva del nombre de Felipe II. Durante más de trescientos años pertenecieron a España pero a raíz de la guerra de Cuba, Estados Unidos se apropió de ellas imponiendo el uso de su idioma inglés. El 4 de julio de 1946, se independizó de Estados Unidos. En la actualidad esta república está esperando el brazo fraterno de la comunidad hispana de Europa y América, lo que constituirá el puente hacia el extremo oriente de Asia.

El idioma español es hablado por las clases más cultas de la isla, un noventa y cinco por ciento de sus habitantes son cristianos, la mayoría perteneciente a las denominaciones cristianas tradicionales. Ha habido en Filipinas muchos movimientos evangelizadores con la consiguiente demostración de Espíritu y de poder.

En Filipinas, la tierra está preparada para que la España que ha dado a luz naciones enteras, envíe ahora a miles de misioneros para predicar el cristianismo verdadero que consiste en que Cristo viva en las personas, por el poder del Espíritu Santo, como única esperanza de gloria para toda la humanidad.

En la zona ecuatorial de África existe un país que es una expresión más de la globalidad de España. En una zona de las más boscosas del globo; frente al Océano Atlántico hay una república colonizada por los españoles. Su nombre es Guinea Ecuatorial, país independiente desde el año 1968, con unos quinientos mil habitantes, en su mayoría de las distintas etnias negras.

La capital es Malabo en la isla de Bioko. Está compuesta por una parte insular en el Atlántico sur y una extensión territorial en el continente africano. Tiene veintiocho mil kilómetros cuadrados. El idioma oficial es el español, una población rural y una producción basada en los cultivos tropicales. En la actualidad, numerosas congregaciones hispanas han establecido en Guinea misiones para ayuda educativa, sanitaria y evangelística.

Distintas congregaciones evangélicas de Argentina, España y Estados Unidos han dado origen a hospitales, colegios y otros tipos de establecimientos asistenciales que, seguramente, serán puente para alcanzar otros pueblos de África, ya que el idioma africano de los países vecinos tiene mucho en común con el africano que se habla en Guinea.

Como vemos, España ha dado a luz a pueblos en las distintas latitudes: México en América del Norte, Cuba, República Dominicana y Puerto Rico en el Caribe, Guatemala, Honduras, El Salvador, Costa Rica, Nicaragua y Panamá en América Central, Colombia, Venezuela, Ecuador, Perú, Bolivia, Paraguay, Uruguay, Chile y Argentina en América del Sur. Filipinas en Asia y Guinea Ecuatorial en África. Son veintiún países, veintidós con España, una fuerza muy importante de naciones.

Es un conjunto de naciones que precisan un cambio de actitud en las personas por los antecedentes paternalistas que las han atrasado. Sobre todo una salida hacia la educación en todos los niveles. Pero lo que más precisan es lo que ya el Espíritu Santo ha comenzado a enviar: un verdadero movimiento espiritual transformador de las personas.

España tiene una relación casi sanguínea con los pueblos indígenas del norte de África, con los celtas, con los hebreos y fenicios, con los romanos, con los árabes, con los germanos. Estos pueblos son prácticamente una proyección de casi toda la humanidad. España ha dado a luz naciones unidas por una importante ligazón de sangre.

Una vez más España e Hispanoamérica

España no es solamente la de la Península Ibérica, España son todas estas naciones que dio a luz.

España una vez más puede volver a dar a luz hijos espirituales, pero ahora en todo el resto del mundo.

España, y solo la nación española compuesta por ella misma y todos sus hijos, ha sido puesta por Dios en esta circunstancia mundial para dar a luz por medio de sus mensajeros predicadores, un reavivamiento mundial inspirado por el Espíritu Santo que hará volver a las personas de sus caminos cortos y materialistas, de su fariseísmo y apostasía, de su apego a la intelectualidad humana, de su costumbre de errar en el blanco, a una vida en el Espíritu que producirá:

Educación integral para todos y verdadero conocimiento espiritual.

Solidaridad entre todas las naciones, que perdonarán los abusos de explotación de unos pueblos sobre otros.

Una economía basada en la misericordia e igualdad de todas las personas.

Dignidad en el trato y consideración hermanando a los pueblos de todas las latitudes.

Responsabilidad por los pueblos hermanos y ayuda mutua.

En estos momentos especiales en que la humanidad se conecta por medios informáticos, a los cuales todos tienen acceso, el conocimiento de la gloria de Dios será vista y en esto participarán activamente España y sus hijos.

CAPÍTULO 7

EL DESCUBRIMIENTO
DE AMÉRICA

Para una empresa como la de descubrir un nuevo mundo, solo había una nación en condiciones de hacerlo, España. También un solo hombre preparado para ello, Cristóbal Colón.

España, por su determinación y ejercicio permanente de conflicto y ocupación de tierras que una cultura distinta dejaba. Cristóbal Colón, por su preparación espiritual, intelectual, y por sus conocimientos náuticos que eran de avanzada en aquella época.

En su primer viaje Cristóbal Colón hizo una observación que constituyó un gran descubrimiento científico: el de la desviación de la aguja magnética o brújula. La comprobación de este hecho muestra por sí sola la pericia y habilidad del gran marino que contaba en su bagaje de conocimientos, además con su gran experiencia, ya que había llegado a Irlanda, Inglaterra y dejado muy atrás a Islandia. Vivió en la isla de Puerto Santo, que integra el grupo de las Madeira, desde donde había viajado frecuentemente a Guinea, en sus viajes por el Océano Atlántico. Cristóbal Colón contaba con una actitud favorable hacia la planificación, ánimo, determinación y persistencia. Su espíritu visionario estaba más allá de sus pares en la misma época.

Colón fue el único que pudo haber sido el descubridor del nuevo continente, sobre todo, por su convencimiento personal de que Dios mismo lo había elegido predeterminadamente para ser el actor principal en esa portentosa tarea que llevó a cabo.

Nunca un viaje cambió tan radicalmente la percepción del mundo, modificando la economía global, la visión de las personas y los conocimientos de todo tipo. Cristóbal Colón, al poner en comunicación a Europa con América contribuyó al intercambio de productos, de cultivos, de costumbres, de razas, de expectativas espirituales y de futuro, como nunca antes había sucedido.

Al considerar la vida y personalidad de Cristóbal Colón nos encontramos con una persona sumamente espiritual que leía la Biblia, y en especial el libro de Esdras. La Biblia fue el libro que lo motivó para el desarrollo de su visión. Colón era una persona que tenía siempre en su espíritu la evangelización y conversión de las personas que encontraría en sus viajes. En ello, coincidía con la Reina Isabel, quien le encargó especialmente la evangelización de los pueblos que descubriera. Los reyes interpretaban el sentir general de los cristianos españoles que al estar en guerra con los musulmanes por la reconquista de la península, tomaban a esta guerra como un asunto preponderante relacionado con su fe cristiana.

Cristóbal Colón era un soñador poseído de una visión y propósito para su vida de tipo misional que tenía a la piedad o el amor como el núcleo de su carácter. Solamente de esta manera podríamos comprender su terquedad y la gran confianza que tenía en lo que quería realizar, exponiéndose así a exigencias que rayaban el desafío, considerando la época en que vivió.

El almirante se hallaba persuadido de la verdad de su llamado a alcanzar nuevas tierras, y nunca se doblegó a consideraciones ajenas. Su nombre propio era sumamente importante en su consideración personal, Cristóbal (Christo Ferens), que significa: «El que lleva a Cristo», constituía para él un símbolo revelador de su misión terrenal.

En la Biblioteca Colombina de la ciudad de Sevilla existe un libro autógrafo de Colón, en el que reunió las profecías de los antiguos escritores sagrados referentes a los viajes y descubrimientos que él proyectó. Fue un lector permanente de la Biblia, que es la Palabra de Dios.

Cuando el 12 de octubre de 1492, Colón desembarcó en la isla llamada Guanahaní por los indígenas, lo hizo con el estandarte de los reyes en una forma ceremonial solemne. Puso a la isla el nombre de San Salvador, según dijo él: «En conmemoración de Su Alta Majestad»; es decir, del Salvador del Mundo, Jesucristo.

Así lo afirmó en una carta dirigida a Don Luis de Santángel, quien era el Tesorero Real del reino unido de Castilla y Aragón. Cuando Cristóbal Colón da cuenta a los reyes de España de su importante descubrimiento en una carta, manifiesta lo siguiente:

«Doy gracias a nuestro alto y eterno Dios nuestro Señor, el cual da a todos aquellos que andan en su camino victoria en cosas que parecen imposibles; y esta verdaderamente fue una de sus hazañas, porque, aunque de estas tierras

hayan hablado o escrito, eran meras conjeturas sin com-
probación fidedigna alguna, aunque había algunos que
deducían que podría ser posible. Así que, pues nuestro
Redentor nos dio esta victoria a nuestros ilustrísimos reyes
y a sus reinos famosos por su excelente majestad, adonde
toda la cristiandad debe tomar alegría y hacer grandes
fiestas, y dar gracias solemnes a la Santa Trinidad con
muchas oraciones solemnes por la gloria que obtendrán al
convertirse tantos pueblos a nuestra santa fe cristiana, y
después por los bienes temporales; que no solamente
España, sino todos los cristianos tendrán aquí refrigerio y
posibilidades de desarrollar magnas empresas».

Estas frases de su comunicación a los reyes muestran su
agradecimiento y reconocimiento a Dios como motivo y
objetivo espiritual de su colosal empresa. Sus viajes fueron
cuatro, y las rutas elegidas por este gran marino experimentado se mantuvieron durante trescientos cincuenta años,
siendo cambiadas únicamente cuando comenzó a utilizarse
el vapor para la navegación.

El tiempo empleado por Colón fue un verdadero récord durante los años siguientes, y si bien algunos viajes duraron como
los de Colón treinta días, nadie logró superar su tiempo.

Cuando Cristóbal Colón murió el 20 de mayo de 1506, en la
ciudad castellana de Valladolid, rodeado de su familia y
amigos, lo hizo dando testimonio de su fe diciendo las
siguientes últimas palabras: *In manu tuas, Domine, com-*
mendo spiritum meum. Pronunciadas en idioma latín y que
significan: «En tus manos Señor, encomiendo mi espíritu».
Así murió el hombre que seguramente inspirado por Dios
había ensanchado el mundo descubriendo, o mejor dicho,

estableciendo un puente que duraría hasta la actualidad y que daría nacimiento a veinte naciones hispanas, hijas de España. España desarrolló la más importante empresa realizada por nación alguna en toda la historia. El pueblo español protagonizó un milagro portentoso de mano de los conquistadores ya forjados en su propia tierra en la larga lucha de la reconquista, acostumbrados a un continuo batallar, con el temperamento desbordante de visión. Con sed de caminos, se lanzaron por todos los rumbos en océanos, mares, selvas, llanuras, desiertos y montañas con afán de ilustres hazañas, con llamado a evangelizar, ganar el futuro y con el anhelo de ganar tierras para la Corona.

El conocido historiador y escritor Azorín escribió: «Un mundo acaba de ser descubierto. Veinte naciones son creadas. Un solo idioma ahoga a multitud de lenguas indígenas. Se construyen vastas obras de riego. Se trazan caminos. Se esclarecen bosques y se rompen y cultivan tierras. Montañas altísimas son escaladas, y ríos de una anchura inmensa, surcados. Se adoctrina e instruye a muchedumbres. Las mismas instituciones municipales son esparcidas por millares de villas y ciudades. La industria, el comercio, la navegación, la agricultura, el pastoreo, surgen en suma en un nuevo pedazo del planeta y enriquecen a gentes y naciones. ¿Y quién ha realizado tan gigantesca obra? ¿Todas las naciones de Europa juntas? ¿Todas las naciones unidas en un supremo y titánico esfuerzo...? No; sorprendentemente una nación, una sola nación, sola, sin auxilio de nadie: España».

Se estableció un imperio con dominio desde California, Arizona, Tejas y Florida hasta el Cabo de Hornos, en el extremo sur. Un gobierno único cuya máxima autoridad era el rey, la Casa de Contratación instalada en Sevilla, que controlaba la actividad comercial y el tránsito de expediciones y personas hacia América e intervenía en los juicios comerciales.

El Consejo de Indias, con sede en Madrid, que elaboraba las leyes, actuaba como tribunal supremo de justicia, proponía al monarca la designación de los altos funcionarios y realizaba los juicios de residencia, que tenían que ver con la evaluación del manejo de las funciones administrativas.

En cuanto a las autoridades residentes se destacaba el virrey, que tenía bajo su jurisdicción el virreinato; los primeros fueron el de México o Nueva España y el de Perú. A su vez, los virreinatos se dividían en provincias dirigidas por los gobernadores que tenían funciones políticas y administrativas. Las provincias estaban integradas por distritos a cargo de los corregidores quienes se encargaban del gobierno local.

Se crearon organismos denominados «audiencias» para la administración de justicia. Estaban integrados por jueces que debían ser abogados de carrera; intervenían en los juicios civiles, criminales y administrativos.

Las audiencias fueron las instituciones de mayor confianza para la Corona, vigilaban el desempeño de los virreyes y gobernadores e informaban sobre su conducta. Llegaron a ser trece en toda América.

Los cabildos se encargaban de la administración de la ciudad y sus alrededores, cuidaban entre otras cosas, el abastecimiento de alimentos, la justicia, la salud y la seguridad de los habitantes.

Como se ve, se constituyó un colosal sistema integrado por diferentes instituciones con controles para que ninguna autoridad tuviera independencia o poder absoluto. Este sistema generó, por otra parte, una lentitud muy grande en la toma de decisiones.

España no solo descubrió este nuevo continente sino que también logró realizar el primer viaje alrededor del mundo, proeza impresionante que sería realizada con las relativamente pequeñas naves construidas en Andalucía, a orillas del Río Guadalquivir, muy cerca de Tartessos, llamada después Tarsis.

Allí donde hebreos y fenicios se habían establecido para realizar explotaciones mineras de oro, plata y cobre que llevarían hacia el reino de Salomón, dos mil quinientos años antes.

El 6 de septiembre de 1922, Sebastián Elcano circunvaló la tierra; con la nave Victoria llegaron a España con los marineros tan cansados que tuvieron que pedir ayuda para remontar el río Guadalquivir hasta Sevilla.

Aunque se sabe de los abusos que personajes sin escrúpulos realizaron circunstancialmente en nombre de España, es digno de destacar que el día 16 de abril de 1495, los reyes ordenaron suspender las ventas de esclavos indios en América y el 20 de junio de 1495 en una real cédula se declaró libres a los hombres del nuevo mundo.

Tal vez esto haya sido un paso mucho más importante que el mismo descubrimiento, en una época en que la esclavitud era algo normal, ya que en ese tiempo era impensable una conquista sin esclavos como necesario botín y parte del lucro.

Además, por toda Europa era frecuente la trata de personas por parte de verdaderas empresas, y las mismas naciones se dedicaban a ello. En ese extraño estado de cosas, los reyes descubrieron que el americano era un hombre libre o que estaba destinado a serlo.

Fue una verdadera y rápida revolución de conciencia que

dio a los nativos del nuevo mundo jerarquía de hombres libres, considerados parte de la Corona o estado de España. Y aunque como dijimos, hubo gran cantidad de abusos por parte de los funcionarios, sin esta verdadera política funcional real la situación de los americanos podría haber sido mucho peor. Esta visión de hombre libre del habitante nativo de América fue un paso muy importante en la integración de europeos y americanos, formando una nación de familias mestizas, provocando de esa manera una integración de millones de personas libres a lo que es España.

Es digno de destacar y diferenciar esta actitud española de la que han tenido otros países que llegaron a América, que mantuvieron hasta la actualidad, una actitud de diferenciación discriminadora de los habitantes nativos. En esto, también España mostró su grandeza.

España y los hispanos deben aceptar el desafío de volver a crecer y desarrollarse

En la actualidad, la región llamada España es un apéndice de Europa, una nación con historia de gloria pero no uno de los países más desarrollados.

Esto puede cambiar ya, si España adopta la actitud de grandeza que la caracterizó y reconquistando su mismo territorio espiritual, poniendo su propia casa en orden, como ya lo está haciendo, abraza a sus hijos y comienza a liderar la renovación total.

Lo que toda la nación precisa es lo que está escrito en el libro de Jeremías 6:16: *«Paraos en los caminos y mirad, y preguntad por las sendas antiguas, cuál sea el buen camino, y andad por él, y hallaréis descanso para vuestra alma».*

Todos los faros de la humanidad han iluminado en España; los fenicios y hebreos que llegaron buscando riquezas y una vida mejor, los griegos, romanos, árabes y germanos amaron esta tierra. La frustración posterior que duró hasta estos tiempos es el desierto previo a cualquier gran empresa. Israel pasó cuarenta años en el desierto, el mismo Hijo de Dios pasó cuarenta días en él. La frustración hasta la actualidad, de España y sus hijos ya llega a su fin, porque un viento fresco del Espíritu que nadie podrá detener comenzará con este nuevo milenio.

Los hispanos aceptarán el desafío de aceptar el desafío.

CAPÍTULO 8

EL ISLAMISMO EN ESPAÑA

L a religión fundada por Abul Kasim Ibn Abd Allahm, llamado Mahoma, que nació en el año 570 d.c., es conocida por «islamismo»; se basa en los principios de la creencia en un solo dios, llamado Alá; un único libro sagrado, el Corán; en la predestinación y en la resurrección de los muertos.

Mahoma fue reconocido como un profeta, pero jamás hizo milagros. No fue un místico, no poseía una educación formal. No inició su misión hasta que cumplió los cuarenta años, cuando al haber tenido una experiencia mística muy importante comenzó a anunciar que era un mensajero de Dios.

Por ese hecho recibió burlas y desprecio, aun de los niños. La ciudad donde vivía Mahoma, La Meca, era una inmensa metrópoli cosmopolita, cruce de caminos y gran centro de intercambio de mercaderías que transportaban las caravanas de camellos a través de la Península Arábiga. Alrededor de una piedra, que es un meteorito rectangular, llamada «La Caaba» a la que se atribuían poderes misteriosos, se rendía culto a trescientos sesenta ídolos de las tribus árabes que habitaban el país. La piedra, que aún existe y se dice que es un aerolito, llama la atención por su forma rectangular. A los ídolos que rodeaban la piedra se les rendía culto en una expresión más de la idolatría que afectaba a la mayoría de los países en aquella época. La educación en ese medio desértico era muy particular ya que a los niños se los enviaba al desierto para recibirla por parte de los beduinos. En esas condiciones fue educado el joven Abul. Alimentado por madres nómadas, atendió ovejas y camellos hasta que fue contratado por una viuda rica como jefe de caravanas. De este modo, viajó por todas partes del mundo conocido donde tomó conocimiento de las distintas creencias.

En esos viajes tuvo la oportunidad de observar distintas creencias entre las que pudo advertir el deterioro de la cristiandad, producida a partir de la conversión del emperador Constantino y la consiguiente conversión nominal de religiosos paganos y de funcionarios que lo hacían por conveniencia. Cuando el cristianismo se hizo oficial una cantidad enorme de personas sin verdadera convicción ni conversión pasaron a denominarse cristianos, muchos de los cuales habían sido adeptos al paganismo y otras eran ex sacerdotes paganos que engrosaron las filas de la iglesia cristiana con su idolatría a cuestas. Tanto fue así que muchas de las perversiones paganas, símbolos de Babilonia, como obeliscos, templos y torres, cultos a las imágenes, el celibato, los santos y el santoral pasaron con simples retoques a ser doctrinas y tradiciones en la iglesia.

Esto está detallado en un importante trabajo llamado *Babilonia Misterio Religioso* de Ralph Woodrow, editado por Ralph Woodrow Evangelistic Association, Inc. En

Riverside, California.

Esta sorpresiva invasión del paganismo cuando el cristianismo se hizo oficialista, al punto de ser obligatorio en épocas del emperador romano Teodosio, enfrió el espíritu cristiano de entrega total y sacrificio. Ya lo había avizorado el apóstol Pablo en el libro de los Gálatas 3:3 : «*Habiendo comenzado por el espíritu ahora vaisa acabar por la carne*» y en Romanos 2:24: «*... El nombre de Dios es blasfemado por causa de vosotros*». También había sido profetizado por el Señor Jesucristo cuando anunció la venida de la apostasía.

Esta provocó el desarrollo de un cristianismo meramente formal, sin la dirección del espíritu, ya que sus clérigos y obispos no cuidaban el testimonio y mucho menos vivían la vida de Jesucristo en sus propias existencias.

Cuando Abul tuvo veintiocho años se casó con Khadija, la viuda que lo había contratado, aun con la oposición de sus padres. Abul quedó huérfano cuando tenía seis años, pero ahora era un rico empresario que por doce años vivió como una persona muy acaudalada.

Un día manifestó que se le había aparecido el arcángel Gabriel y lo había llamado como mensajero de Dios, dándole a conocer el primer verso del Corán escrito en una brillante forma literaria. Esto se consideró verdaderamente milagroso por la escasa instrucción de Abul, que no era poeta ni tenía el don de la palabra; no obstante, los versos del Corán tal como los recibió y recitó, eran mejores que los producidos por poetas y escritores del idioma árabe. En estos versos, que él dice haber recibido por revelación del arcángel Gabriel, se decía que todos los hombres eran iguales ante Dios, que el mundo debía ser un estado democrático, el Islam. Esto sonaba a herejía política, especialmente en aquellos tiempos en que las monarquías absolutistas estaban de moda. Cuando además quiso destruir los trescientos sesenta ídolos que rodeaban a La Caaba, el camellero fue maltratado por los capitalistas y hombres de negocio de la Meca, de los que él mismo había formado parte; fue expulsado al desierto desde donde comenzó a predicar demandando la soberanía de Alá sobre el mundo entero.

Así comenzó el auge del Islam, como una llamarada que no se extinguiría, un ejército democrático que invitaba a judíos y cristianos a unírsele, porque según decía, no estaba creando una nueva religión. Estaba llamando a todos aquellos que creían en un solo Dios a unirse en una sola fe.

En esos años la iglesia cristiana era presa de una desintegración total en las costumbres espirituales, los dones y frutos de la iglesia primitiva ya no estaban. Se podría decir que el gran ejército mencionado en Joel 1:4 estaba desarrollando sus operaciones. *«Lo que quedó de la oruga comió el saltón, y lo que quedó del saltón comió el revoltón; y la langosta comió lo que del revoltón había quedado».*

La expansión del Islam fue en forma militar, aunque Abul conservó siempre una actitud abierta, de humildad y sometimiento a Dios, según sus propias palabras.

El tema central de las revelaciones era más que el monoteísmo. También anunciaba un juicio final, la resurrección de los muertos, la necesidad de purificación espiritual y de un mejoramiento ético y moral. Cuando los ejércitos árabes entraron en la ciudad de Jerusalén, no mataron a nadie por motivo de su fe o creencia, pero cuando, varios siglos más tarde entraron los cruzados para recuperar según ellos el «santo sepulcro», no le fue perdonada la vida a ningún musulmán, fuera hombre, mujer o niño. Vemos en operaciones de este modo, a los fariseos actuando en contra de Dios. El Islam llegó a España donde la decadencia de los gobernantes visigodos hacía que se lo esperase como la salvación. Los árabes fueron resistidos, especialmente en el norte, desde donde comenzó la resistencia en el año 718, extendiendo los territorios liberados con la creación de reinos como el de Asturias, Navarra y León. La invasión, que se produjo al mando de Tarik en el año 711, permitió el ingreso de pueblos del norte de África. En el año 755, Abderrahmán proclamó un emirato independiente llamado Al Andalus. La Península Ibérica fue el único territorio de Europa Occidental donde los árabes se instalaron en forma prolongada, ocho siglos.

Los conquistadores asimilaban los aportes de los pueblos que conquistaban como también su herencia cultural, tanto de los hebreos como de los persas, griegos y bizantinos, llegando a desarrollar con esos aportes una cultura muy importante. Construyeron grandes centros de estudio y universidades; crearon gran cantidad de bibliotecas. Se calcula que la Biblioteca de Córdoba tenía medio millón de volúmenes y que había más libros en Córdoba que en todas las bibliotecas de Europa Occidental juntas. La medicina, la matemática, la astronomía y la alquimia fueron objeto de estudios especiales. La filosofía floreció a través de estudiosos como Avicena, siglo X y XI, y Averroes, siglo XII. El nombre de este fue Ibn Rushd, el más célebre filósofo y científico árabe, nacido en la ciudad de Córdoba. Fue juez civil; interpretó a Aristóteles en profundidad. En Córdoba tenía su laboratorio y las obras de Aristóteles eran los materiales que utilizaba para sus experimentos. Su resultado: un renacimiento europeo en el siglo XII. Durante veintiséis años Averroes se dedicó a rescatar la obra aristotélica, traduciendo sus textos del griego al árabe. Estas traducciones no tardaron mucho tiempo en encontrar su camino hacia el latín y la corriente principal de la vida intelectual europea. La filosofía experimentó una profunda transformación de Oriente a Occidente, de un árido dogmatismo a una nueva y sólida síntesis de fe y razón.

Los árabes también tradujeron en España textos científicos griegos al árabe, compartiendo conocimientos con sabios judíos que vivían en España y que habían permanecido ignorados por Occidente desde la caída de Roma.

Los musulmanes también transmitieron a los europeos ideas matemáticas de la cultura india, como la noción de cero. Al mismo tiempo, realizaron un notable desarrollo del álgebra. El matemático Al Vawaritmi (siglo IX) fue el creador de los logaritmos. En el campo de las letras, prevalecieron la poesía y la literatura fantástica, muchas veces inspiradas en otros pueblos como *Las Mil y Una Noches* o *Aladino y la Lámpara Maravillosa*, que se difundieron por todo el mundo.

La arquitectura tuvo un gran desarrollo utilizándose elementos bizantinos y persas con una profusa y delicada decoración de los interiores, el uso del arco en herradura, las cúpulas y los mosaicos decorados. Elementos típicos de esta arquitectura son los arabescos.

Las muestras más notables de su expresión se encuentran en las mezquitas —sus templos— y sus minaretes, torres desde donde se anunciaba la hora de la adoración a Dios.

Una muestra especial de todo esto es la Alhambra de Granada donde la grandiosidad de la construcción interrelacionada con la orografía del lugar, el riego, la vegetación circundante y la ciudad de Granada a su lado, la hacen una de las expresiones arquitectónicas más completas del mundo, aun en la actualidad.

Desarrollaron la agricultura muy especialmente creando hábiles sistemas de irrigación. Implantaron nuevos cultivos en la península, que habían conocido previamente en otras zonas del dominio árabe, como la caña de azúcar, el algodón, el olivo, la mora, para desarrollar la cría del gusano de seda y también otras plantas textiles que contribuyeron a desarrollar la agroindustria.

El comercio fue floreciente. Fabricaron papel, cerámica, azulejos y telas. En la minería explotaron el mercurio en Almadén y otras minas en Andalucía.

También fueron hábiles artesanos; la metalurgia, el trabajo del cuero, delicados tejidos de seda, y la elaboración de perfumes fueron algunas de las actividades más difundidas.

El dominio del islamismo en España alcanzó gran renombre cuando reinaba Abderramán III con capital en Córdoba. El influjo árabe en la cultura española ha sido uno de los más importantes, sintiéndose además en toda Europa Occidental. También los árabes sirvieron de puente entre los elementos de conocimiento de Bizancio; con la enorme influencia griega que tenían aportaron estas nociones, conocimiento, diríamos «perfume», de esa civilización que llegó de Grecia a España por el norte de África.

Pero la mejor prueba del influjo árabe la encontramos en la enorme cantidad de vocablos, alrededor de cuatro mil, que incluso están en uso en el lenguaje corriente de nuestros días.

En Córdoba, nació en 1135 Moisés Ben Maimón, su nombre más conocido era Maimónides y fue el sabio judío más importante de la Edad Media. Maimónides creía que existe un acuerdo fundamental entre la fe y la filosofía, entre las revelaciones bíblicas y el sistema aristotélico. Sobre todo dijo que la verdad es una y la razón tiene el derecho de explicar la Palabra de Dios, la Biblia.

Habla muy bien de los árabes el hecho de que un sabio no musulmán de tal magnitud haya podido estudiar y desarrollarse en su mundo, y como dijimos ya, habiendo nacido en Córdoba siguió su camino en Marruecos, muriendo en Alejandría en el año 1204.

Aunque los cristianos no aceptamos las arbitrariedades doctrinales de la religión musulmana y a ninguna persona que vive en países cristianos le gustaría alguna vez adherirse a esta doctrina, que entre otras cosas discrimina a las mujeres en una forma tan impresionante que las esclaviza, debemos mirarlo desde el punto de vista de que son hijos de Ismael, como ellos mismos lo reconocen y que Dios mismo prometió que serían una gran nación según está escrito en Génesis 21:18.

Debemos orar y evangelizar al pueblo árabe llevándole las buenas noticias por el Señor Jesucristo. Él vino a libertar a los cautivos y dar vista a los ciegos. A esta nación que en la actualidad sufre mucho por las injusticias de todo tipo, especialmente en el aspecto social, cultural y político, por estar relegada en el tiempo y sobre todo por mantener tanto resentimiento con el pueblo descendiente de Isaac que era hermano de Ismael, ambos hijos de Abraham.

En la historia de España, el aporte árabe ha sido importantísimo en los aspectos culturales, costumbristas, idiomáticos, que contribuyeron a la formación de sus habitantes, quienes también templaron su espíritu de lucha al pelear por desalojar a los árabes durante ocho siglos.

Dios, que es soberano, sabe por qué permitió que esta doctrina se difundiera en tantas naciones en la actualidad, tal vez sea para que sus hijos se dediquen a la oración y al ayuno y a cumplir con el mandato del mismo Señor de ir por todo el mundo y predicar el evangelio, especialmente al mundo árabe, constituido por tantos millones que precisan la luz de Jesucristo para traer claridad a sus vidas.

Los hispanos frente al mayor desafío evangelístico

Después de las cruzadas no quedó un terreno más difícil para evangelizar y llevar la luz de Dios que el territorio árabe y los israelitas. Las atrocidades cometidas por cristianos de nombre, en toda Europa, contra árabes y judíos blindaron el corazón de estos para recibir la verdad redentora de Dios.

España, por su entroncamiento espiritual con ambos pueblos, es la nación que puede concurrir con hombres inflamados del Espíritu Santo a predicar las buenas noticias del reino de Dios.

Un origen común, un común sufrimiento, una común discriminación, más un corazón quebrantado por las actitudes de nuestros antepasados, pueden obrar maravillas.

La maravilla es que España y sus hijos son ese puente de amor extendido expresado en el Señor Jesucristo a través de los hombres.

No será con discusiones teológicas, ni con sabiduría, ni astutos argumentos sicológicos, sino con el amor de Dios, el poder de Dios y el dominio propio que da a sus hijos para que acallen todo orgullo humano y nacionalismo, que es orgullo de las naciones.

España y sus hijos, estas palabras fueron escritas también para esta hora: *«Y os restituiré los años que comió la oruga, el saltón, el revoltón y la langosta, mi gran ejército que envié contra vosotros».*

CAPÍTULO 9

LA REFORMA, EL RENACIMIENTO Y EL ESPÍRITU SANTO

En el siglo XV, comenzó en el mundo un movimiento general de renovación de las artes, las ciencias, la música, las ideas religiosas y científicas, que se dio en llamar el Renacimiento. Esta renovación espiritual abarcó todos los rincones del arte, las ciencias, la mentalidad política, económica y por supuesto incluyó también una renovación en la fe de las personas. La creación de la imprenta, el avance de los turcos sobre Constantinopla, el descubrimiento de América, la reconquista de España y la expulsión de los judíos de esta nación fueron factores desencadenantes muy importantes que denotaban claramente el final de una larga época con los asombrosos cambios que se desarrollarían hasta hoy, un poco más de quinientos años después.

La primera acción decisiva que llevó al desenlace fue la toma de Constantinopla por los turcos, el 29 de mayo de 1453. Después de someter a Servia y Bulgaria tomaron Constantinopla, la capital del Imperio Romano de Oriente.

La interrupción parcial del comercio que se efectuaba a través de Constantinopla con Oriente, obligó a los europeos a buscar nuevas rutas para llegar a los mercados asiáticos, tarea en la que descollaron los navegantes portugueses y españoles. Los primeros lograron circunnavegar el continente africano al final del siglo XV. Como ya sabemos, Colón buscó el camino hacia el occidente y descubrió América. Ambos hechos, la caída de Constantinopla y el descubrimiento de América, son dos de los hitos destacados que señalan el comienzo de los tiempos modernos. Sin embargo, hay otros tres que son fundamentales, a saber: La invención de la imprenta con tipos movibles (el primer libro que se imprimió fue la Biblia), el Renacimiento y la Reforma de la Iglesia.

La revolución tecnológica, que significó la utilización de tipos movibles para imprimir, fue la innovación técnica más importante de la humanidad. La capacidad para leer siempre había estado limitada y dirigida en especial a una pequeña cantidad de individuos, que por lo general eran de la nobleza, el clero, calígrafos y unos pocos individuos adinerados.

Johann Gutenberg, impresor alemán que nació en Maguncia en el año 1397 y murió en 1468, con su nuevo desarrollo de imprenta publicó la célebre Biblia Latina, a doble columna, de cuarenta y dos líneas que también dio en llamarse Biblia de Gutenberg. Esta primera impresión se produjo en el año 1455, una tirada de doscientas Biblias maravillosamente compuestas desató una epidemia de información que todavía se mantiene. Los métodos de impresión de Gutenberg se extendieron con rapidez por todo el mundo. En el año 1500 había aproximadamente medio millón de libros: obras religiosas, textos clásicos griegos y romanos, trabajos científicos. La Reforma tuvo su vocero, la misma Biblia, que es la Palabra de Dios. Con seguridad el Señor lo preparó así. La imprenta significó una aceleración del Renacimiento y fue imprescindible para la expansión de la reforma de la Iglesia, especialmente para hacer llegar a todo el pueblo, sin distinciones, el mensaje revelado de Dios. Se calcula en diez mil millones la cantidad de Biblias vendidas o distribuidas a todo el mundo. La Biblia fue traducida a 2.197 idiomas. Este hecho, hace tan pocos años, fue tal vez el más portentoso de todos en cuanto a elevar el nivel de vida, por el establecimiento de valores y también decisivo en elevar la intelectualidad, cultura y espiritualidad de la humanidad.

El 3 de octubre de 1517, un monje llamado Martín Lutero, con inspiración del Espíritu Santo, llegó a la Iglesia de Todos los Santos, en el castillo de Wittemberg, Alemania y clavó sus famosas noventa y cinco tesis en la puerta. El documento era una critica a la política papal, especialmente por la venta de indulgencias. Rechazaba la noción de que la doctrina de la iglesia tenía una autoridad semejante a la que se derivaba de las Escrituras. Insistía en el carácter espiritual e íntimo de la fe cristiana denunciando a quienes pagaban para no tener que participar verdaderamente en el sufrimiento de Cristo. Su mensaje fue tomado con rapidez por otros y cundió como el fuego en la paja seca. Los laicos tomaron los monasterios y se hicieron cargo de sus tierras; los sacerdotes se casaron; los príncipes se aliaron contra el Santo Imperio Romano.

La Reforma había empezado; las autoridades políticas nunca volverían a estar sometidas a los dictados de un remoto clero, y el mapa de Europa mostraría cambios y posi-

ciones que todavía dominan la política actual en el mundo.
A esto se había llegado por el abuso del poder terrenal de
los papas. Ya en el año 869 hubo un gran cisma entre la iglesia de Oriente y la de Occidente. En ese año fue el último
concilio ecuménico de la iglesia unida. Es muy conocido
por todos el grado de corruptela, soborno, inmoralidad y
aun derramamiento de sangre que producía la iglesia defen-
diendo sus intereses meramente terrenales.

A algunos períodos papales se los denomina: «El Reinado
de las Rameras», a otros «pornocracia». Entre otros casos se
puede mencionar el de Juan VII (955-63), «culpable de todo
crimen. Violó a vírgenes y a viudas, de alta y de baja clase;
cohabitó con la concubina de su padre; hizo del palacio
papal un lupanar; y fue muerto en el acto de adulterio por
un airado esposo».

En general había grandes protestas contra la inmundicia y las
infamias papales. El clamor por una reforma halló su contesta-
ción. A la compra de posiciones eclesiásticas, como papados, se
llamaba simonía y de tan frecuente pasó a ser natural.

Un día, en el año 1508, Martín Lutero, mientras leía la
Epístola a los Romanos recibió una luz y la paz: *«El justo
vivirá por la fe».* Vio por fin, que la salvación se recibía por
medio de Cristo, y no por las costumbres y ceremonias religiosas, sacramentos, penitencias o indulgencias de las iglesias. Martín Lutero fue profesor de la Universidad de
Wittenberg desde 1508 hasta 1546, año en que murió.

Desde un viaje que realizó a Roma, donde vio de cerca la
corrupción y los vicios de la corte papal se sintió afectado y
buscó en oración la revelación de Dios que lo impulsó a
escribir, a orar con fervor, predicando con verdadera unción
de manera que sus sermones atraían a los estudiantes de todas

partes de Alemania. Sus tesis eran un reclamo para que la iglesia terminara con los abusos de todo tipo y que se apartara de los viejos manejos políticos del clero en todos los niveles.

En 1520, recibe del Papa León X la oportunidad de enmendarse mediante la bula *Exurge Domine*. Pero Lutero la rechaza y la quema en una plaza pública. El Papa entonces lo excomulga definitivamente y él aviva su enfrentamiento hacia lo que considera despropósitos y desatinos eclesiásticos.

La obra *La Confesión de Ausgsburgo*, contiene la doctrina de Martín Lutero. Aunque existe una denominación religiosa llamada Iglesia Luterana, los principios de Martín Lutero son aceptados por todo el movimiento reformado en general, que hoy está expresado masivamente en las iglesias evangélicas de todas las denominaciones.

En la época de la Reforma, Alemania se componía de gran número de pequeños estados regidos cada uno por un príncipe. Muchos de estos, así como todos sus estados, habían sido ganados para la causa del evangelio. Ya en 1540, todo el norte de Alemania era luterano.

El Papa Paulo III instó al emperador Carlos V a que procediera contra ellos. Carlos V, que era intelectualmente admirador de Erasmo, se vio rodeado por dos fuegos: la intolerancia conservadora papal y el espíritu reformador de Martín Lutero. El Papa le ofreció un ejército, declaró una guerra contra los reformadores como cruzada, y ofreció indulgencias a todos los que tomaran parte en ellas. La guerra se extendió desde el año de la muerte de Lutero hasta el año 1555. Terminó con el acuerdo de Paz de Augsburgo, en el cual los reformados ganaron el reconocimiento legal. Paulo III había instigado esta guerra para lograr el sometimiento de los evangélicos. Estos, en todo tiempo estuvieron a la defensiva.

La Dieta de Espira, en 1529, en la cual los católicos eran mayoría, dictaminó que los católicos podían enseñar su religión en los estados reformistas, pero prohibió la enseñanza reformada en los estados que respondían al Papa. Por este hecho tan injusto, los príncipes luteranos hicieron una protesta formal y desde entonces se les conoció como «protestantes». Este nombre, que se aplicó originalmente a los luteranos, ha llegado a aplicarse, en el uso popular, a todos los cristianos evangélicos.

Como sabemos la Reforma se propagó rápidamente por los países del norte de Europa, países que eran periféricos, a los cuales les podría caber la nominación muy en boga en la actualidad de subdesarrollados. Hasta el momento de la Reforma el Mediterráneo y la Mesopotamia eran las regiones donde se desarrollaba el centro de la escena, mientras que los países nórdicos, que eran tierras de bárbaros, muchas veces figuraban en los mapas de época como «tierra incógnita». Finlandia, Suecia, Noruega, Dinamarca, Alemania, Inglaterra, Escocia, Gales y los Países Bajos eran zonas de sufrimiento, pobreza y bajos niveles de educación. Parece una constante que las grandes ideas siempre son más rápidamente asimiladas por este tipo de personas o naciones que por los que están en una relativa buena posición. Jesucristo dijo que es muy difícil para un rico entrar en el reino de los cielos, que era mucho más fácil que un camello entrara por el ojo de una aguja. Estos países que adhirieron a la Reforma recibieron prontamente los beneficios de tener reglas claras de comportamiento humano y social, de tener acceso a la libertad. *«Y conoceréis la verdad y la verdad os hará libres»* (Juan 8:32).

Los tiempos de la Reforma fueron muy cruentos en los países donde la religión era una muy importante cuestión de estado. La noche de la matanza de San Bartolomé, en Francia, murieron masacrados unos setenta mil hugonotes. Cuando sucedió esto, el Papa y su colegio de cardenales fueron en solemne procesión a la iglesia de San Marcos y se cantó el *Te Deum* en acción de gracias. El Papa también hizo acuñar una medalla en conmemoración de la masacre y envió a París a un cardenal con las felicitaciones del Papa y de los cardenales para el rey y la reina madre. «Francia estaba a un pelo de hacerse protestante», dijeron.

El Papa Clemente llamó al Edicto de Nantes una «cosa maldita», y después de tratativas de los jesuitas, el edicto fue revocado y quinientos mil hugonotes debieron emigrar a países protestantes. En Bohemia, en 1600, de los cuatro millones de habitantes ochenta por ciento era protestante. Cuando terminaron su obra los Hausburgos y los jesuitas, quedaban solamente ochocientos mil, todos católicos romanos. En Austria y Hungría, más de la mitad de la población se había hecho protestante, pero bajo los Hausburgos y los jesuitas todos fueron muertos. En Polonia sucedió igual y en Italia también.

Finalmente, llegamos a España. El Papa Gregorio IX, con el objeto de frenar la herejia de los albigenses creó la Inquisición, que estaba estrechamente vinculada al pontificado. En España, se introdujo en la corona de Aragón, con Jaime I, a instancias de su confesor San Raimundo Peñafort. Su constitución definitiva tuvo lugar en el Concilio de Tarragona en 1242.

La operación de la malvada y oscurantista Inquisición en los diferentes reinos de España y luego en América, aunque ya había sido creada muchos años antes, se debió a la iniciativa de los reyes católicos. Tras una serie de negociaciones con Sixto IV entre 1478 y 1483, se organizó el nuevo tribunal o Santo Oficio. Estuvo bajo la jurisdicción directa de la corona. Su actuación comenzó principalmente, en represión del judaísmo, y después en la persecución de los falsos conversos. También se encargó de detectar a los herejes. Carlos V y Felipe II fueron los que más usaron este instrumento religioso político. La Inquisición fue suprimida por las cortes de Cádiz en 1813. Fernando la reimplantó en 1814 y fue definitivamente abolida por María Cristina en 1834.

En España, la Reforma no logró el éxito que tuvo en otros países de Europa. Esto fue a causa de que la Inquisición ya estaba establecida desde antes. Toda diferencia, todo intento de libertad o de pensamiento autónomo, era sofocado rápidamente en una forma brutal. El Inquisidor General español Tomás de Torquemada, fraile dominico, dictó las Instrucciones de la Santa Inquisición; por ellas le dio al tribunal de la Inquisición un carácter represivo y fanático. Fue tan así que él mismo quemó a diez mil doscientas personas. Condenó a cadena perpetua a noventa y siete mil herejes.

A las víctimas por lo general se las quemaba vivas en la plaza pública en las celebraciones religiosas. Se calcula que desde 1481 a 1808 hubo por lo menos cien mil mártires y un millón y medio desterrados. Como ya hemos dicho, la máquina de prohibir y matar se puso en funcionamiento y los sucesos condenatorios de las ideas provocaron un gran daño, ya que la nación quedó casi afuera de la civilización europea.

Hubo otro hecho trascendental que es uno de los puntos clave de la historia de la humanidad: La derrota de la

Armada Española ante Inglaterra. Una de las estrategias de los jesuitas que luchaban contra la Reforma era provocar el derrocamiento militar de los países protestantes.

El Papa Gregorio XIII impulsó al emperador Felipe II, rey de España, a la guerra contra la Inglaterra protestante. A fines de junio de 1588, apareció en el Canal de la Mancha, al mando del duque de Medina Sidonia, la formidable Armada Española de ciento treinta barcos de alta borda y treinta transportes artillados con más de dos mil seiscientos cañones y con una dotación de ocho mil marineros y veintidós mil soldados.

El Almirante inglés Howard y el famoso Drake, como vice-almirante, disponían de ciento noventa embarcaciones más pequeñas y manejables que las españolas. La mitad de ellas eran buques mercantes. La lucha desigual terminó con la victoria inglesa. España había perdido setenta y dos barcos y más de diez mil hombres. La derrota de la Armada fue un presagio de lo que ocurriría en el futuro. Es verdad. La decadencia del Imperio Español fue lenta y gradual y aún pasaría un siglo antes de que Gran Bretaña dominara los mares.

La victoria de Inglaterra fue el punto crucial del gran duelo entre el protestantismo y el romanismo. Aseguró para la causa protestante no solamente a Inglaterra y Escocia, sino también a Holanda, Alemania del Norte, Dinamarca, Finlandia, Suecia y Noruega.

Toda Europa había estado expectante ante este conflicto armado marino, que significó el comienzo de la decadencia de uno y el comienzo del desarrollo a nivel mundial del otro. Isabel hizo acuñar una medalla conmemorativa de esta importante derrota española con la leyenda: «La fe en Jehová disipa el peligro, la amenaza y la tempestad».

Cuando comenzó la Reforma en Europa, España era el país más poderoso del mundo. Su estado actual muestra a las claras la importancia de no ir contra la corriente del espíritu y el alto costo que pagó esta importante nación con uno de los mejores elementos humanos del mundo. Como dijimos al principio esto fue a causa de la «levadura de los fariseos» que mencionaba Jesucristo en el Nuevo Testamento de la Biblia. La Reforma se impuso también en los países que formó Inglaterra en América. En los países de habla hispana, al igual que en España, Felipe II impuso un control absoluto de las ideas y la Reforma no tuvo ningún tipo de éxito, no obstante, misioneros provenientes de Gran Bretaña, Suecia y Estados Unidos comenzaron a sembrar el evangelio en todos los países de América del Sur.

Con el fervor del Espíritu Santo, el movimiento pentecostal realizó una tarea evangelizadora sin parangón en la historia de la Iglesia. El enfoque de los pentecostales de un evangelio para las masas, ha tenido muchos éxitos en todos los niveles y un porcentaje creciente de cristianos reformados, que ya ganan elecciones, se incrementa día a día en el continente.en América Latina, un continente cuyos habitantes cada día ven la importancia de escuchar la Palabra de Dios, millones cambian de actitud y se recuperan del alcoholismo y las drogas, y sus hijos estudian y se convierten en profesionales aptos para servir a la comunidad. El aporte de la iglesia todavía no ha sido ponderado adecuadamente por el resto de la sociedad.

La Reforma, el Renacimiento y el Espíritu Santo

Década de 1450: Gutenberg imprime la Biblia y caída del Imperio Romano de Oriente

Estas dos importantísimas fechas marcan el comienzo de una nueva época para la humanidad. La Biblia impresa comienza a correr por todo el mundo conocido justamente cuando desaparece lo que quedaba del Imperio Romano. La Biblia, al ser leída por las multitudes, produce sed de cambios ya que lo que se estaba viviendo no era el evangelio sino una suma de reglamentos y tradiciones de hombres. No tardó en aparecer la sed de cambios, el Espíritu Santo se estaba moviendo. ¡Lo único constante es el cambio! El cambio no fue solo para estructuras o reglamentos religiosos, el cambio fue para el espíritu de la humanidad que volvió a nacer después de mil años de oscurantismo y dominio de una religión que no tenía nada de Dios.

Cuando sopla el Espíritu Santo siempre hay una revolución en todo sentido. La revolución de las ciencias, las artes, la música y el pensamiento en general.

Toda revolución inquieta a los que están en el poder. El poder más fuerte de ese entonces estaba en España, que resistió a la Reforma como ninguna otra nación. Como sucedió con Faraón, Dios le endureció su corazón.

En esta renovación del Espíritu del siglo XXI, que también renovará todas las estructuras mundiales, España y sus príncipes, los hispanos, serán la cabeza del movimiento. ¡Ahora es el momento!

CAPÍTULO 10

LA NUEVA ESPAÑA

Todo el proceso de desarrollo de España, desde sus orígenes y hasta la actualidad, nos muestra un comienzo casi humilde, siendo colonia de varias naciones. Llegó a ser el imperio mundial sobre todos los continentes y luego una paulatina decadencia hasta el día de hoy, en que aunque es una nación importante no es lo que antes fue. No es una potencia de primera magnitud, no es uno de los centros financieros más importantes, no es una potencia militar, tampoco participa en las zonas de decisión mundial. Podríamos decir que es una nación de segunda categoría con un importante territorio, una gran cantidad de población, con un aceptable nivel de vida y desarrollo social y cultural, pero está lejos de ser lo que ha sido. En Argentina una frase de un tango podría expresar lo que estamos diciendo: «Ya no sos mi Margarita, ahora te llaman Margot».

Todo este proceso está arraigado, anclado, soportado en el subconsciente de cada español, podría decirse que ya forma parte de su genoma nacional. Pero este mensaje para

España es para invitarla a retomar la dirección de su destino, para que se levante y resplandezca, y ahora cuando digo España, no solamente me refiero a la de la Península Ibérica sino a todo lo que ella ha creado, cultivado y desarrollado, a Tarsis y sus príncipes, como se escribe en un capítulo anterior, cuando comenzó la epopeya colonizadora.

Los topónimos de las regiones descubiertas o colonizadas reflejaban el cariño por la tierra original y las nostalgias que sentían esos hombres duros. Así vemos cómo muchas regiones comenzaron a llamarse: «Nueva España», «Nueva Granada», «Córdoba», «La Rioja», «Cartagena», «La Española», etc., reflejando de ese modo deseos de establecerse en lo que sabiamente consideraban la continuidad de su patria. En España la región cuna de nuestro idioma se llama «Castilla», dividida en dos: «Castilla la Vieja» y «Castilla la Nueva».

Ahora bien podría decirse «España la Nueva» a una nación de naciones que abarque toda la herencia española. Las condiciones están dadas más que nunca por una circunstancia histórica preparada desde los orígenes de los tiempos por la divina providencia, o sea Dios.

Estas circunstancias son:

• La conciencia general de una época de continentalismo o agrupación de naciones para el mutuo intercambio y desarrollo.

• La importante complementación que podría lograrse, ya que los países que consideran a España como su madre patria tienen economías muy diversas y complementarias entre sí.

• El importante mercado que se crearía y la multiplicidad de operaciones entre los distintos países.

- La integración cultural de primera magnitud, como también el intercambio de tecnologías para el mutuo desarrollo.

- Los productos agropecuarios, la fabricación de alimentos, textiles, fabricación de automotores y camiones, material ferroviario, producción de películas, periódicos, libros y revistas, considerando el importante mercado a crearse si se trabaja unidos.

- La televisión y radiodifusión serían beneficiarios directos de una progresiva unión de las naciones hijas de España. Esto podría llevar al Mercado Común y a la unión monetaria.

- La complementación política, la educativa y la judicial podrían comenzar rápidamente. Hay una herramienta que podría agilizar todo esto y llevarlo a logros impensados hasta hace poco, y esto es la Internet, que no tiene fronteras, que tiene la particularidad de conectar a todos los habitantes, a pequeños y medianos empresarios, un servicio de fácil acceso por el uso del idioma común.

- Los tiempos, nuestros éxitos y fracasos están despertando en los pueblos deseos de conocerse y complementarse en una forma libre y sana. Ya la Inquisición quedó atrás, nuestras naciones tienen años de ejercicio y deseos entrañables de libertad. Los prejuicios sectoriales, sociales, económicos, políticos y espirituales han atrasado a nuestros pueblos y la gente tiene amplia conciencia de ello.

- Los prejuicios de la Reforma ya son historia. En la actualidad hay en nuestros países un movimiento del

Espíritu Santo que abre una nueva oportunidad a España. Este movimiento espiritual crea situaciones en la sociedad para mejoras en el estudio, en el comportamiento social, en el trabajo, en las pequeñas y medianas empresas. Se está desarrollando un nuevo tipo de hispano, serio, responsable, estudioso, ahorrador y trabajador que será la base de esta Nueva España. Las iglesias cooperan, ya no hay odios fuertes ni antagonismos estériles en la mayoría de la población. ¡Dios está obrando!

El día 10 de junio de 2000 se reunieron en la ciudad capital de España, Madrid, ministros de todas las denominaciones cristianas para firmar un pacto de compromiso mutuo en el Día de Jesús.

Creo firmemente que ese pacto es el comienzo de lo que se llamará la Nueva España, por el espíritu del mismo, las intenciones y quien lo ha promovido que es el mismo Espíritu Santo.

El Pacto del Día de Jesús dice así:

«Los firmantes de este pacto, como miembros del cuerpo de Cristo y como ministros del Dios a quien servimos, nuestro Señor Jesucristo, nos hemos reunido en este día movidos por el Espíritu Santo de Dios con el propósito de buscar su rostro en humildad, y reconociendo que él es el Señor y cabeza de su Iglesia, permitir que en el reconocimiento y confesión de nuestros pecados Dios nos restaure y prepare el corazón de su Iglesia en España para recibir una visitación de su Espíritu que alcance cada rincón de nuestro país.

»Reconocemos que: Como pueblo de Israel en los tiempos de Esdras, hemos pecado nosotros y nuestros padres y hemos entristecido el corazón de Dios, porque aunque nuestra historia como pueblo evangélico en España no es muy larga, la hemos salpicado de divisiones, críticas, individualismos, rebeldía y rencores, habiendo hecho predominar nuestros intereses personales y denominacionales por encima del mandamiento de nuestro Señor de "amarnos los unos a los otros". Con la misma calidad, intensidad y valores con los que él nos ama, "ser uno como él y el Padre son uno, para que el mundo crea".

»Hemos permitido que diferencias doctrinales, culturales e incluso raciales, en ciertos casos nos impidieran cumplir su mandamiento y nuestro papel como sus representantes, llamados a reconciliar a los hombres con Dios. Esto ha provocado muchas veces una imagen pésima de la Iglesia gloriosa del Señor Jesucristo, una merma importante de los recursos que Dios nos ha dado para cumplir con la comisión que como su Iglesia tenemos en la tierra y, sobre todo, y más importante, ha sido un gran estorbo para que Dios pudiera visitar su iglesia y avivarla".

»En un acto de profundo arrepentimiento y humildad declaramos:
»Que nos hemos acercado a Dios por los méritos suficientes de Cristo Jesús, confiando en su promesa de 2 Crónicas 7:14, humillados y arrepentidos de nuestros pecados, buscamos su rostro y clamamos, creyendo que él oye este clamor y perdona por medio del sacrificio santo de Cristo Jesús, y sana nuestras relaciones, iglesias y nuestra tierra.
»Que en el día de hoy nos comprometemos con Dios y entre nosotros a caminar en un espíritu de unidad y amor, respetando y reconociendo que es a través del amor que

podremos ver lo maravillosa que es la diversidad que el cuerpo de Cristo demuestra.

»Renunciamos a que la envidia, crítica, la rebeldía o el rencor, ocupen nuestro corazón, nuestros púlpitos o nuestra forma de hablar de las diferencias existentes dentro de la iglesia universal de Jesucristo. Nos comprometemos a orar y bendecir cada ministerio, iglesia o denominación dentro del cuerpo de Cristo, y a que Jesucristo y su obra sea el centro de nuestras enseñanzas y predicaciones.

»Renunciamos a cualquier tipo de discriminación por razón de culturas, doctrinas o razas, declarando que somos uno en Cristo y a que ya no hay más diferencias por este tipo de conceptos. Nos comprometemos a amarnos y a tener en alta estima los unos a los otros.

»Renunciamos al individualismo que por tanto tiempo ha mermado las fuerzas de la Iglesia en España, viéndose pobre y sin recursos. Nos comprometemos a trabajar unidos, poniendo en ello todo nuestro corazón y esfuerzo, reconociendo los diferentes recursos y ministerios que nuestro país está gestando, no importando de que parte del cuerpo surgen.

»Renunciamos a la falta de compromiso y de visión que algunas veces ha caracterizado nuestro país y nuestras iglesias. Nos comprometemos a desarrollar estrategias conjuntas que nos lleven a ser más efectivos para alcanzar esta nación con el evangelio de las buenas nuevas, reconociendo que los recursos que tenemos en él y a través de él son suficientes para llevar a cabo en esta nueva etapa un verdadero cambio en el avance de la obra en España.

»Afirmamos que nos comprometemos a orar y a preparar nuestras vidas y nuestras iglesias para que Dios pueda, en su soberana voluntad, visitar nuestras iglesias y nuestro país con su Espíritu Santo trayendo un avivamiento sin precedentes en la historia.

»Firmamos el presente documento como nuestra confirmación de haber realizado pacto con Dios y entre nosotros».

Una declaración de las personas que constituyen la iglesia en España es el verdadero comienzo. Cuando Castilla y Aragón se unieron produjeron una victoria sin precedentes y un avance sin parangón con cualquier nación en la historia. Cuando se unieron y expulsaron al pueblo judío, el de la promesa de Dios que dice: *«Al que te bendijere lo bendeciré y al que te maldijere lo maldeciré»,* sembraron las semillas de su decadencia futura, pues Dios trata con las naciones como trata con los hombres. Cuando toda América hispana y su madre patria trabajaron unidas, vivieron años de grandeza, pero cuando algunos intereses se impusieron a otros, comenzaron a decaer y perder lo que habían recibido.

Inglaterra también expulsó a los judíos en el año 1280, pero un líder reconoció el error cientos de años después, y en ese mismo momento comenzaron su epopeya de convertirse en la primera potencia mundial en el siglo pasado. Los actos de las naciones con respecto al pueblo de Dios, sea el judío o el cristiano, que es el heredero de las promesas dadas a Abraham también, no tardarán en hacer ver las consecuencias, pero cuando el pueblo se arrepiente y reconoce el error, entonces comienza otra vez la corriente de bendición de Dios a su favor.

América hispana ha recibido una gran bendición con la aceptación del evangelio y algunos países que además de recibir a pueblos de distintas nacionalidades, también recibieron al pueblo de Israel con su corazón abierto, pudieron experimentar las bendiciones de Dios en cuanto a su desarrollo como nación.

Este caso, en que ministros de distintas confesiones cristianas unidos expresaron su solemne compromiso en la misma capital de España es tomado en las esferas espirituales como una representación de todo el pueblo y llevará definitivamente al reencuentro de España con su destino de grandeza, porque Dios que también es Dios de la historia, ha comenzado a operar en su favor.

Los países que hemos llamado como en la Biblia, los príncipes de Tarsis y que son los que componen Hispanoamérica, han experimentado en los últimos tiempos un despertar espiritual promovido por el Espíritu Santo. Abarca todas las clases sociales y millones de personas que adherían formalmente o por costumbre a alguna religión cristiana, han rendido sus vidas a Dios y una transformación comenzó a producirse. Como hemos dicho en otro capítulo, en este momento la región latinoamericana es la región que está a punto de producir un despegue como nunca ha sucedido en el mundo.

A España después de su época de oscuridad, que ha terminado recientemente, le está sucediendo lo mismo y en esta ocasión los líderes cristianos producen este documento que seguramente debe unirse a otros similares que se están acordando entre todos los cristianos en Hispanoamérica y que traerá como resultado que Dios sanará la tierra.

Un movimiento carismático comenzó en la ciudad de Nueva York, en los Estados Unidos de Norte América en el año 1960. Según la opinión generalizada, en esa fecha se produjo el nacimiento del movimiento carismático a nivel mundial. La Iglesia Católica comenzó un despertar que seguramente con el correr del tiempo será considerado como una nueva reforma.

La gran mayoría de las confesiones protestantes tradicionales también adhirieron a este movimiento carismático, que es una nueva expresión espiritual del pueblo muy parecida a lo que sucedía con la Iglesia cristiana que nació el día de Pentecostés, diez días después de la ascensión de Cristo.

Este movimiento se expresa mayoritariamente a través de la iglesia pentecostal dentro de las congregaciones evangélicas, y lo que ha sido llamado el movimiento carismático en las iglesias católicas, en la actualidad corre como reguero de pólvora, e involucra naciones enteras que tienen una oportunidad de aceptar la bendición de Dios para armonizar los negocios de los hombres con su Creador.

No es casualidad que en España haya la libertad de cultos y expresión que hay en la actualidad. Esto es algo por lo que todos los cristianos deben orar y velar, porque después de tanto sufrimiento, la Iglesia en lo que podríamos llamar la España Grande, será el canal de la bendición de Dios en todos los órdenes. España tiene esta vez la oportunidad de reparar la expulsión de los judíos. Alguien dijo que Dios es el Dios de la segunda oportunidad.

Dios transforma a España y los hispanos

«... El que no naciere de nuevo no puede ver el reino de Dios» (Jn 3:3). *«... De cierto, de cierto te digo, que el que no naciere del agua y del Espíritu, no puede entrar en el reino de Dios»* (Jn 3:5).

Como en ningún otro lugar del mundo, el Espíritu de Dios está soplando sobre las naciones hijas de España. Personas nacen de nuevo, en pocos años miles y miles de congregaciones que reconocen a Jesucristo como el Señor de señores y Rey de reyes se están estableciendo a lo largo y ancho de toda América Latina. Se puede decir que América Latina está en llamas, en las llamas del Espíritu Santo. Tan solo pocos años atrás, las iglesias pentecostales eran pocas y dispersas. Y había muy pocos cristianos evangélicos practicantes y llenos del Espíritu Santo.

Muy pocos cristianos conocían las palabras griegas *carisma* o *carismata*. Hoy en día en todos los grupos cristianos y no cristianos se habla del carismatismo y el pentecostalismo se ha convertido en una fuerza pujante que a pasos agigantados gana almas para Cristo en todos los estratos sociales de Latinoamérica.

Esta ola del Espíritu Santo está llegando a España, una demostración clara de ello es el compromiso firmado por los líderes en Madrid el 10 de junio del 2000.

¡España prepárate! ¡Serás una nueva España!

CAPÍTULO 11

ISRAEL EN ESPAÑA

L a innegable y milenaria presencia de Israel en España se ve en los museos, sinagogas, monumentos artísticos y leyendas. Es un legado que hilvana importantes ciudades como Cádiz, Málaga, Granada, Sevilla, Córdoba, Cáceres, Toledo, Hervaz, Segovia, Barcelona y Girona entre miles de ciudades. Las fechas del establecimiento de las colonias en Cartago, Cádiz y Tartessos coinciden con las fechas del pacto entre Salomón e Hiram de Tiro.

Israel y Fenicia eran en épocas del rey Salomón dos estados unidos por fuertes lazos de pertenencia a la misma estirpe de Sem, a la relación familiar de los reyes, a la gran colaboración en todos los órdenes, militar, político, religioso, y de empresas náuticas para importación y exportación.

Esta colaboración se complementaba mucho más al aportar los hebreos su capacidad guerrera demostrada eficazmente en el establecimiento del pueblo en Canaán y en la gran victoria contra el enemigo común, los filisteos. La parte comercial e incluso de intercambio no quedó afuera de esta estrecha colaboración, como un solo pueblo, que hubo entre los fenicios de Hiram y los hebreos de Salomón.

En 1 Reyes 5:10 (NVI) dice: *«El rey de Tiro, Hiram, le proveía al rey de Israel, Salomón, toda la madera de cedro y de pino que éste deseaba, y el rey Salomón por su parte, año tras año le entregaba a Hiram, como alimento para su corte, veinte mil cargas de trigo y veinte mil medidas de aceite de oliva. El Señor, cumpliendo su palabra le dio sabiduría a Salomón. Hiram y Salomón hicieron un tratado, y hubo paz entre ellos».*

Este tratado provocó una alianza entre Israel y los fenicios de tal naturaleza que se consideraron en ese tiempo un mismo país. Los fenicios eran semitas que hablaban el mismo idioma arameo, de Aram, que fue la ciudad de dónde Dios llamó a Abraham para entregarle la tierra prometida. En 1 Reyes 9:17 dice: *«...Por eso Salomón reconstruyó las ciudades de Guézer, Bet Jorón la de abajo, Balat y Tadmor, en el desierto del país, así como todos sus lugares de almacenamiento, los cuarteles para sus carros de combate y para su caballería, y cuanto quiso construir en Jerusalén, en el Líbano y en todo el territorio bajo su dominio».*

Luego, da una lista de pueblos que al no pertenecer al reino, pero vivir dentro de sus límites, los convirtió en esclavos. Esta estrecha alianza entre Salomón e Hiram se demuestra aun más en lo escrito en 1 Reyes 9:26: *«El rey Salomón también construyó una flota naviera en Ezión Guéber, cerca de Elat, en el Mar Rojo. Hiram envió a algunos de sus oficiales que eran marineros expertos, para servir en la flota con los oficiales de Salomón, y ellos se hicieron a la mar y llegaron a Ofir, de donde volvieron con*

unos catorce mil kilos de oro, que le entregaron al rey Salomón».
En 1 Reyes 7:1-7: *«... Edificó Salomón su propia casa en trece años y la terminó toda. Asimismo edificó la casa del bosque del Líbano, la cual tenía cien codos de longitud ... sobre cuatro hileras de columnas de cedro, con vigas de cedro sobre las columnas; cada hilera tenía quince columnas. Y había tres hileras de ventanas, una ventana contra la otra en tres hileras. Todas las puertas y los postes eran cuadrados; y unas ventanas estaban frente a las otras en tres hileras. También hizo un pórtico de columnas, que tenía cincuenta codos de largo y treinta codos de ancho; y este pórtico estaba delante de las primeras con sus columnas y maderos correspondientes. Hizo asimismo el pórtico del trono en que había de juzgar ...».* (Como vemos, el asiento de su trono, en esta estrecha relación y alianza, daba para que la casa y el mismo trono de Salomón estuviera en el Líbano.)
El rey Salomón se casó con la hija de Faraón de Egipto. Como la hija de Hiram, esta unión también formaba parte de los casamientos políticos. En este caso hizo para la princesa de Egipto una casa similar a la suya en el Líbano. La Biblia relata a continuación de estos versículos que estas casas estaban construidas con piedras costosas, cortadas y ajustadas con sierras según sus medidas, por dentro como por fuera, desde el cimiento hasta los remates, y asimismo por fuera hasta el gran atrio. El cimiento era de piedras costosas, piedras grandes, piedras de diez codos y piedras de ocho codos. También dice que hizo venir de Tiro a Hiram quien era lleno de sabiduría e inteligencia y ciencia en toda obra de bronce. Todos estos párrafos de la Biblia nos informan claramente que el verdadero imperio en que

se había constituido Israel abarcaba en alianza a Fenicia, cuyo rey colaboraba estrechamente con los proyectos hebreos.

Siguiendo esta línea vemos lo escrito en 1 Reyes 10:11 (NVI): «*...la flota de Hiram trajo desde Ofir, además del oro, grandes cargamentos de madera de sándalo y de piedras preciosas. Con la madera, el rey construyó escalones para el templo del Señor y para el palacio real, y también hizo arpas y liras para los músicos*».

En 1 Reyes 10:21-22 (RVR60) se afirma: «*Y todos los vasos de beber del rey Salomón eran de oro, y asimismo toda la vajilla de la casa del bosque del Líbano era de oro fino; nada de plata, porque en tiempo de Salomón no era apreciada. Porque el rey tenía en el mar una flota de naves de Tarsis, con la flota de Hiram. Una vez cada tres años venía la flota de Tarsis, y traía oro...*»

La estrecha colaboración y las riquezas que eran traídas al rey, demuestran que las naves fenicias y hebreas ejercían un comercio y establecían colonizaciones y factorías a fin de acarrear riquezas para este reino conjunto. Salomón era conocido mundialmente pues en 1 Reyes 4:34 (RVR60) dice que: «*...para oír la sabiduría de Salomón venían de todos los pueblos y de todos los reyes de la tierra, adonde había llegado la fama de su sabiduría*». Y 1 Reyes 4:21 (RVR60) explica que «*Salomón señoreaba sobre todos los reinos desde el Éufrates hasta la tierra de los filisteos y el límite con Egipto; y traían presentes, y sirvieron a Salomón todos los días que vivió*».

Era una alianza en la que los hebreos proporcionaban los guerreros y colonizadores y los fenicios sus naves y experiencia en el mar. Esta estrecha relación siguió. El rey de

Israel, Acab, muchos años más tarde, se casó con una princesa del Líbano. Los fenicios y hebreos fundaron Cartago y también Tartessos en la Península Ibérica. Cerca de lo que se presume fue la legendaria ciudad de Tartessos, hay un cerro denominado Salomón. En este lugar se han encontrado cerámicas que hablan de una radicación de personas que no solamente trabajaban en las minas, sino también empleados y grupos armados que cuidaban las zonas mineras y los centros metalúrgicos de la codicia de gentes de otras regiones. Como vemos, el topónimo del cerro delata la procedencia de quienes trabajaban en ese lugar.

Tartessos es en una gran medida el tema preferido en la investigación histórica de España. Tiene algo de leyenda y de mito. Ya que su existencia fue en los albores de las civilizaciones, aun antes que Asiria, Babilonia y Persia.

Como ya sabemos, Cartago, Cádiz y Tartessos tienen el mismo origen común de la colonización fenicia, asociada con la hebrea, tal como lo demuestran las Escrituras cuando se habla del tratado o acuerdo entre el rey Hiram de Tiro y Salomón.

El trabajo conjunto de los pueblos semíticos fenicio y hebreo se extendió por toda la Península Ibérica y sus rastros permanecen hasta hoy en forma de topónimos.

Este asunto ha sido investigado y debidamente establecido por el profesor Manuel de Pomar, conocido historiador e investigador profundo de la historia y cultura española. Oriundo galaicoasturiano, que aunque formado originalmente en economía, una ciencia que brinda instrumentos especiales de observación y análisis del proceso de evolución político y cultural de cualquier comunidad, derivó hacia la historia el estudio del origen de la civilización y colonización ibérica. Se recomienda la lectura de su obra *España del Rey David,* publicado por Editorial L.O.L.A. de Buenos Aires, Argentina, en la cual su autor introduce en un ensayo histórico una distinción metodológica entre pueblos semitas, hebreos, israelitas y judíos.

Según el profesor Pomar, los pueblos semitas, hebreos y fenicios desarrollaron una destacada presencia en la primitiva población de este origen en el litoral oeste, noroeste y norte de la Península Ibérica y sus respectivas zonas de influencia donde producían hierro, plata, oro y otros metales estratégicos en las cuencas fluviales de la península.

Pomar se guió por el estudio de innumerables topónimos de origen hebreocananeo y arameo en las zonas de Galicia, del río Ebro y Guadalquivir que han sobrevivido a las numerosas oleadas culturales de pobladores sucesivos posteriores. De esta manera, demuestra el establecimiento de un pueblo de origen semítico en España, al cual quiso ignorar el fundamentalismo religioso por cuestiones políticas, encubriendo la colonización por pueblos semitas en el principio de la población en la península, bajo la fábula de la llegada de una hipotética raza celta «superior».

Este conocido catedrático de la hispanidad, que es católico, en una noble cruzada cultural en busca de la verdad rompe los moldes de una historiografía clásicamente interesada en destacar perfiles discriminadores al servicio del absolutismo político religioso que tanto daño le ha hecho a España. La promesa de Dios a Abraham, «*Serán benditas en ti todas las naciones de la tierra. Al que te bendijere lo bendeciré y al que te maldijere lo maldeciré*», sigue teniendo su vigencia porque los dones de Dios son irrevocables.

El pueblo elegido por Dios para traer su revelación a todos los hombres por medio de los profetas, las Escrituras y el mismo Dios en la persona del Hijo, el Señor Jesucristo, ha tenido las vicisitudes más extraordinarias que pueblo alguno pueda tener. Una de ellas ha sido ser partícipe de la colonización de la Península Ibérica, la nación española, madre a su vez de los pueblos que abrirán una nueva etapa en la historia.

La peregrinación de Israel comenzó con Abraham, siguió con Jacob, en su establecimiento en Egipto, continuó con Moisés en su liberación y viaje por el desierto, que se extendió por cuarenta años. Josué y Caleb ocuparon la tierra prometida en la cual se establecieron hasta formar un reino que fue verdadera potencia mundial en la época de Salomón, quien en un pacto con los fenicios de Tiro dominaron el mundo conocido, comercializando y estableciendo colonias.

Cuando el reino de Israel se dividió, fue llevado cautivo por Asiria, quien llevó cautivo a Israel, que estaba en la parte norte. Más de cien años después, Babilonia llevó en cautiverio a Judá, que estaba en la parte sur.

Cuando Babilonia fue derrotada por el emergente Imperio Persa, el emperador Ciro, que es mencionado en la Biblia en Isaías 44:28 como *pastor* de Dios y en Isaías 45:1 como el *ungido* de Jehová, permitió volver a los israelitas del reino del sur, Judá, a su tierra, a ocupar sus ciudades y edificar nuevamente el templo a Dios.

Alejandro el Grande ocupó Palestina después de derrotar a los persas en la batalla de Issus antes de su marcha para ocupar Egipto.

Cuando el célebre conquistador macedonio Alejandro el Grande recibió al sumo sacerdote Simón el Justo, una leyenda talmúdica narra que Alejandro descendió para inclinarse ante él. Cuando sus generales le preguntaron la razón de su proceder, Alejandro replicó que la figura del venerable anciano judío se le había aparecido en sueños antes de la batalla, guiándolo hacia la victoria.

El historiador Josefo agrega que Alejandro subió a Jerusalén, donde ofreció un sacrificio a Dios. Permitió a los judíos vivir de acuerdo a sus leyes ancestrales y los eximió de impuestos cada séptimo año (el año sabático en el cual está prohibido el cultivo del suelo).

Palestina se convirtió en un objeto para la penetración de la cultura griega que imprimió un fuerte sello en las costumbres judías. Cuando el Imperio Griego se dividió en cuatro por la muerte de Alejandro el Grande, Palestina quedó bajo el dominio de Ptolomeo, rey griego de Egipto que inició la dinastía de los Ptolomeos, reyes griegos de Egipto entre los años 325 al 285 a.c.

Posteriormente, Palestina pasó a depender de los reyes griegos de Siria llamados seléucidas, por el fundador de esta dinastía, que se extendió entre los años 312 al 130 a.c.

Durante este período de dominación griega se incrementó notablemente el contacto entre griegos y judíos, que eran protegidos y favorecidos por los helenos ejerciendo su civilización una gran influencia, difundiéndose el conocimiento del idioma griego.

Los judíos participaron en los juegos gimnásticos griegos, frecuentaron sus teatros y estudiaron y apreciaron la filosofía y literatura helénica. Esto puso en peligro la tradición judía, que recibió muchas influencias de todo tipo del imperio dominante.

Cuando Antíoco IV, llamado el fanático, asumió el poder trató de helenizar sus dominios por todos los medios posibles, sin exceptuar la religión y no escatimó esfuerzos para «modernizar» la religión judía y adaptarla. Cuando intentó levantar un altar a Zeus en el Templo de Jerusalén y prohibió la práctica de las observancias judías fundamentales, se inició una revuelta conducida por un anciano sacerdote judío llamado Matatías el Asmoneo.

Esto fue la chispa por la cual el pueblo judío inició una etapa de sublevación permanente que le permitió manejarse independientemente. Un líder judío llamado Judas, hijo de Matatías, apodado «El Macabeo», que significa el martillo, asumió el comando militar, evidenciando condiciones portentosas de guerrero y conductor.

Con fuerzas muy reducidas derrotó ejércitos sirios infinitamente superiores. Entró en Jerusalén y purificó el templo que había sido profanado. En el año 165, el templo fue consagrado de nuevo y el hecho se conmemora en la fiesta de Januca, que hasta el día de hoy es celebrada por los judíos en el mundo entero como la «fiesta de las luces».

Judas Macabeo debió hacer la guerra a países vecinos que apoyaban a los sirios.

La soberanía de Israel se extendió hasta el mar cuando conquistaron Jope, estableciendo relaciones amistosas con la emergente Roma. A la muerte de Judas, la dirección pasó a su hermano Jonatán y luego a Simón, el mayor de los hermanos asmoneos. Simón siguió extendiendo el territorio judío. A su muerte, su hijo Juan Hircano lo sucedió en el trono. Hircano extendió el territorio en todas las direcciones llegando a ocupar las antiguas fronteras bíblicas. El estado dio expresión a su sentido de independencia acuñando monedas con símbolos judíos. En todos los territorios ocupados la población pagana fue obligada a adoptar el judaísmo.

Este período de independencia duró ciento cuatro años y

como sucede siempre, las luchas internas debilitaron el reino. Pompeyo, el emperador romano, a quien habían acudido para su mediación y que había conquistado Siria, decidió anexarse a Judea como provincia romana. Durante la etapa de la independencia de Judea, hubo dos partidos político religiosos, los saduceos y los fariseos. Estos dos fueron objeto de la observación de Jesucristo quien dijo: *«Guardaos de la levadura de los saduceos y fariseos».* Los fariseos eran una secta que se formó para resistir los esfuerzos griegos de helenizar a los judíos. Sostenían que no podía haber separación entre religión y política y que la vida en todos sus aspectos, tanto políticos como religiosos o económicos debía ser gobernada por la ley revelada y la tradición. Con el tiempo se volvieron una secta formalista e hipócrita de justicia propia.

Los saduceos que se originaron aproximadamente al mismo tiempo que los fariseos, pertenecían a la aristocracia clerical, eran reaccionarios en lo religioso, oportunistas en lo político, con una marcada tendencia en sus creencias a la filosofía griega, con una gran influencia social y política ya que eran mayoría tanto en el Sanedrín como en la corte. Los saduceos, que abarcaban la mayor parte del sacerdocio, sostenían que Dios no se ocupa de los actos de los hombres y cada cual tiene derecho a hacer lo que le place. No compartían las esperanzas del Mesías concentrándose por encima de todo en el éxito personal. Los saduceos estaban dispuestos a pactar con el conquistador romano, aun a expensas de los intereses nacionales.

Cuando Palestina fue sometida a la férula romana sufrió una época de opresión constante bajo el reinado de Herodes quien conquistó Jerusalén con la ayuda de las tropas romanas. Con la aprobación de Roma anexó Idumea al Sur, Samaria y Galilea al Norte y considerables territorios al Este del Jordán. Herodes reconstruyó el templo de Jerusalén. A la muerte de Herodes, los romanos dividieron su reino entre sus tres hijos: Arquelao, Antipas y Filipo. Al ser separado Arquelao por su tremenda crueldad, los romanos reanudaron el control directo del país y gobernaron Judea por medio de los procuradores, el más famoso de los cuales fue Poncio Pilatos.

En este punto la historia produce un vuelco, un cambio no de página sino de tomo completo. Un antes y un después vigente hasta el día de hoy: vino el que era la luz a un mundo que estaba en tinieblas. Comenzó una etapa no concluida aún, que es el establecimiento del reino de los cielos.

En el año 66 estalló una revuelta armada contra Roma. Se constituyó en Jerusalén un gobierno revolucionario, se volvieron a acuñar monedas. En esta oportunidad los judíos estaban divididos en tres facciones, separados por ideologías prácticas y religiosas y fueron sometidos bajo el general Vespasiano, que debió volver a Roma y delegó el asalto final a Jerusalén en Tito, que tomó la fortaleza de Herodes, en Masada.

Allí resistieron hasta el final un grupo de sicarios al mando de Eleazar ben Yair, descendiente de Judas el Galileo. Estos resistieron durante tres años, cuando decidieron darse la muerte por propia mano, antes que someterse al odiado enemigo de su pueblo, los romanos.

Los despojos del templo fueron exhibidos en la marcha triunfal por las calles de Roma donde se alzó poco tiempo mas tarde el Arco de Tito, en el cual se describe parte de esas escenas que debían significar la caída definitiva del pueblo judío en su tierra prometida.

Se cumplió así la profecía del Señor Jesucristo que dijo: *«¿Veis todo esto? De cierto os digo que no quedará aquí piedra sobre piedra, que no sea derribada».*

Entre el año 117 y 138, estalló otra revuelta del pueblo judío conducido por Ab Bar Cojba, que murió en el campo de batalla. Se dice que seiscientos mil judíos cayeron en combate, aparte de los que murieron por hambre o enfermedades. Los sobrevivientes fueron vendidos como esclavos. El precio de un judío no era mayor que el de un caballo.

Muchos judíos vivían en Babilonia por haberse quedado desde la época en que fueron llevados por Nabucodonosor. En la Mesopotamia había sinagogas, después de la caída de Jerusalén, en Babilonia se constituyó la más grande concentración de población judía.

Los judíos se habían establecido en provincias centrales del imperio, como dijimos, desde mucho tiempo antes de la era cristiana. En Hechos capítulo 2 se menciona que en el día de Pentecostés había en Jerusalén judíos procedentes de todas partes del imperio que hablaban el idioma de su lugar de residencia. Hubo comunidades judías en Francia, España, Italia, Alemania, Grecia, en Asia Menor y en la costa de África. Se dispersaron por todos los lugares del mundo conocido antes, durante y después de la vigencia de los gobiernos israelíes en Palestina.

Su cultura, sus sinagogas, sus habilidades comerciales y guerreras fueron demostradas vez tras vez, en todas las regiones del mundo conocido.

En España se sintieron particularmente bien, especialmente porque ya había un fundamento de población hebrea desde la época del rey Salomón e Hiram de Tiro.

En todas las ciudades españolas de ese tiempo florecieron las juderías, que eran los barrios donde en la diáspora tendían a congregarse los hebreos en la necesaria búsqueda del calor fraternal de su comunidad. Durante la conquista árabe del siglo VII las comunidades judías que existían desde siglos antes, no sufrieron mayormente el antagonismo que sí hubo donde las comunidades eran cristianas, por supuesto de nombre.

La actividad intelectual del pueblo de Dios floreció en estos nuevos dominios islámicos hasta que una secta mahometana fanática, los almohades, que eran muy intolerantes, les declaró una guerra sin piedad, forzando a los judíos a abrazar la fe islámica o abandonar sus lugares de residencia. ¡Otra vez! Muchos volvieron a emigrar, otros se hicieron musulmanes. En cada expulsión y partida un sinfín de nuevos sufrimientos abatió a este pueblo.

En España, los árabes lograron someter prontamente casi toda la península, muchos creen que con la ayuda de la comunidad judía.

Bajo el islamismo en España los judíos lograron desarrollar una numerosa y activa comunidad, en especial en la capital de Córdoba. Comenzó lo que se dio en llamar la Edad de Oro del judaísmo español. Lograron establecer vínculos en árabe, que entre los judíos se había convertido casi en una segunda lengua sagrada. Su dominio de ese idioma, unido al hebreo ancestral, y con frecuencia a las lenguas romances de la región en que vivían, contribuyeron a que los judíos cumplieran una función cultural de mediadores y traductores, que más tarde habría de adquirir enorme significación, ya que los judíos incursionaron en todos los órdenes del saber cultural, científico y filosófico.

Aun las sinagogas expresaban su completa adaptación al gusto árabe en materia de arquitectura y decoración. En esa época hubo un papel prominente de los judíos en las cortes árabes. El más famoso fue Schmuel Hanaguid (Samuel el Príncipe) que durante muchos años fue Visir de Granada, administrando sus tesoros y conduciendo sus ejércitos, como José en Egipto, o como Daniel en Babilonia. Samuel el Príncipe encontró tiempo también para ser jefe de la comunidad judía del reino árabe, tanto en materia secular como religiosa. Una teoría reciente dice que Samuel participó activamente en la construcción del célebre patio de los leones en la Alhambra de Granada.

Cuando Córdoba fue saqueada por los bereberes, muchos judíos tuvieron que emigrar hacia Granada, Toledo, Málaga y Zaragoza. Pero la vida judía continuó floreciendo en la España mora.

Uno de los exponentes de esta civilización judía en países árabes es Moisés ben Maimón, Maimónides, que fue el gran filósofo y codificador de la ley religiosa judía.

Cuando llegaron los almohades volvieron a poner al pueblo judío en la alternativa de la apostasía o el exilio.

Los judíos se establecieron en todo el mundo y su particularidad especial era la producción en todos los órdenes. Esta producción era realizada por artesanos, que se especializaban en técnicas avanzadas como tejidos de seda, teñido, soplado de vidrio, tallado de piedras preciosas, etc. Una actividad destacada era el cultivo de la vid y la producción de vino. También producían y comercializaban ganado, caballos y aves. La producción era financiada por ellos mismos, se comercializaba, exportaba o importaba según fuera el caso, especialmente entre miembros de la comunidad, que a manera de primera globalización se habían establecido en todo el mundo conocido. Los mercaderes judíos se trasladaban entre Asia, África, y Europa y a partir del siglo XVI, también a América.

Los judíos se sentían cómodos en todos los países, poseían un idioma y una cultura internacional, hablaban muchos idiomas, viajaban por tierra y por mar, y además, tenían un sentimiento de solidaridad recíproca que trascendía todas las fronteras.

Carlomagno y sus sucesores auspiciaron en especial la actividad comercial de los judíos, ya que la consideraban muy beneficiosa para la economía de su estado. La misma actitud favorable hacia mercaderes y sabios judíos tuvieron los emperadores de la dinastía sajona.

En esa época de credos rígidos por parte de todo el pueblo, cuanto más ignorancia mayor rigidez, cualquier problema de la comunidad judía que afectara alguna parte de la doctrina cristiana era severamente juzgado por la opinión pública.

Las cruzadas

Un acontecimiento muy importante se constituyó en un nuevo capítulo de la relación del pueblo judío con los cristianos de Europa. Este acontecimiento dio un vuelco total en las relaciones entre los judíos, los cristianos y los árabes.

Las cruzadas trastornaron todo el orden de relaciones entre estas tres comunidades.

Noticias de Palestina indicaban que los turcos, que a partir del año 1058 habían logrado dominar a los mahometanos de Tierra Santa, habían vejado el santo sepulcro de Jesucristo. Esto provocó que el Papa Urbano II, en el concilio de Clermont invitara formalmente a príncipes y caballeros a liberar a Jerusalén.

Los famosos príncipes y caballeros, que eran terratenientes aventureros, impulsados por el fervor religioso, con una buena dosis de fanatismo formaron un ejército para liberar a la tierra santa de los «infieles musulmanes» que la habían sometido. En el año 1096, se pusieron en marcha. Esto hizo que la guerra que se había declarado a los turcos se extendiera también a cualquier tipo de manifestación religiosa no cristiana.

Volvieron sus ojos a los enemigos que tenían dentro de sus propias fronteras, los países participaban con el envío de soldados, su financiación y esfuerzo provocando una explosión de nacionalismo religioso contra el pueblo judío.

En toda Europa se desató una ola de fanatismo y persecución de los judíos que no reconocía fronteras. En Francia, Inglaterra, Alemania, España, Austria, Hungría e Italia se vieron atrocidades parecidas a las de la Segunda Guerra Mundial. Europa Oriental con Prusia, Rusia, Lituania y Polonia siguieron con la misma nueva ola; «exterminar o convertir al cristianismo a todos los infieles».

Otra vez una gran levadura de los fariseos, como decía Jesús, se hizo presente. Los cristianos de nombre, apegados a las tradiciones de hombres y sus idolatrías heredadas de Babilonia entraron en acción para aparentemente defender el llamado santo sepulcro, donde no había nadie, porque quien alguna vez fue sepultado en ese lugar, por su resurrección, había vuelto a su estado natural de ser «El que todo lo llena en todo», o también «Por quien todas las cosas subsisten» o «el que sustenta todas las cosas con la palabra de su poder».

Cuando los cruzados, personas en su mayoría de buena posición económica, nobles y fariseos en general que se armaron con gran inversión de capital como una aventura, llegaron finalmente a Palestina tres años después, aniquilaron a toda la comunidad judía de Jerusalén. El ataque a los judíos se transformó en algo natural para los cruzados. Estas excursiones punitivas dañaron y cambiaron en forma radical las relaciones entre cristianos y judíos en Europa. Por supuesto, de esto no se salvó España. Hubo en total cinco cruzadas, de las cuales solo una, la primera, tuvo el éxito que los nobles esperaban. Pero esta acción común a personas, países e iglesia fue en definitiva, trágica para la salud mental y espiritual de Europa. El fanatismo, terquedad, falsedad y la intolerancia llegaron a niveles nunca imaginados.

Se quemaron, mataron y torturaron a mansalva judíos en todos los países «cristianos», preparándose el caldo de cultivo de la intolerancia, que afectaría a los reformados y sumiría a este subcontinente en las guerras que hasta el día de hoy siguen afligiendo a naciones aparentemente desarrolladas y personas con los conocimientos y educación que la irracionalidad logró cambiar, hasta hace muy poco tiempo.

Esto es parte de la levadura que decía Jesucristo; *«Guardaos de la levadura de los fariseos».*

Toda esta monstruosidad degradó a la humanidad entera y en especial a los judíos, que vieron en sus economías uno de los principales sufrimientos.

En realidad, todo el mundo sufrió por la falta de estos como mercaderes internacionales, artesanos y sabios especializados, que bendecían a todo el mundo con su producción científica, comercial, cultural y de bienes contables.

La falsedad eclesiástica cristiana al exagerarse hasta este estado, pronto tuvo reacciones que se expresaron en forma de descontento espiritual y doctrinal en muchos países. Toda esta crisis hizo que se produjeran movimientos reformadores que fueron precursores de la gran Reforma del siglo XVI de la cual hablamos en otro capítulo.

Se les prohibió a los judíos ocupar cargos públicos en muchos países y comenzaron a ser expulsados en otros.

En Inglaterra el rey Eduardo I, expulsó a los judíos de su país después de arruinarlos por completo en su posición económica, el 18 de julio de 1290.

En el año 1322 fueron expulsados de Francia, después de largos años de persecuciones e intolerancia.

Fueron tratados cruelmente en Alemania, pero la crueldad en su grado máximo llegó entre los años 1348 y 1349 cuando fueron asesinados en masa en toda Europa Central. Cada acusación, por absurda que fuera, era considerada causa suficiente para expulsar a judíos de ciudades y de provincias enteras.

Aunque tardíamente, con el correr del tiempo se impuso en España el espíritu del fanatismo, en parte como resultado de la guerra implacable contra los moros, en la cual se habían embarcado todos los estados cristianos.

El éxito de Cristóbal Colón, a quien se atribuye ascendencia judía, se debió solo al apoyo activo de judíos marranos que ocupaban altas posiciones en la corte de Aragón, Luis de Santángel y Gabriel Sánchez. El primer europeo en hollar suelo americano fue un judío converso llamado Luis de Torres.

La expulsión de los judíos de España

En 1492 se produjo la expulsión de los judíos de España. Esta tierra que los había visto llegar de la mano de los fenicios para colonizarla y poblarla ahora los expulsaba por un edicto de los reyes católicos, el 31 de marzo de 1492. Se ponía así fin a la presencia centenaria de los judíos en territorios de la Corona de Castilla y la Corona de Aragón. Ya en el año 1391 se habían producido hechos en contra de los judíos que no escapaban a lo que se hacía en toda Europa. Los que no querían emigrar debían pasar por las aguas bautismales. Hubo tantos conversos que los cristianos católicos se dividían en cristianos viejos y cristianos nuevos por el hecho de la conversión reciente.

Muchos de los convertidos pasaron a Portugal, que cinco años después emitiría un edicto parecido por influencia del rey de España. Otros fueron a Navarra. Estos eran sufrimientos producidos por la explosiva mezcla de odios religiosos étnicos y sociales.

Había algunos cristianos viejos (diríamos fariseos) que ostentaban orgullosamente esta condición. En España los judíos constituían un importante segmento de la población, en muchos lugares eran mayoría, las expropiaciones de tierras, casas y todo tipo de propiedades estuvo a la orden del día cometiéndose de este modo uno de los actos más vergonzosos de la historia humana, como ya Europa lo había hecho antes.

La mayoría de los expulsados emprendió viaje por mar hacia otras tierras mediterráneas, a Italia y otros a la zona de los Países Bajos, que sería el refugio favorito de los sefardíes de Castilla y Portugal.

Muchos historiadores dicen que la conquista de Granada, ocurrida a principios del año 1492, fue el catalizador de la decisión de los reyes católicos. El idioma de los emigrados sigue teniendo vigencia en los lugares de residencia actual y se le llama judeoespañol o ladino.

El regreso de los judíos a Inglaterra

Un judío español, llevado a Holanda cuando era niño por sus padres marranos, se destacó como predicador de la sinagoga en Ámsterdam, con un mensaje sobre la esperanza de Israel, que es el advenimiento del Mesías.

Como en Holanda la Reforma había calado muy profundamente por la predicación de Juan Calvino, este país, lector de la Biblia, favoreció y dio libertad de predicación a ese joven llamado Rabí Manasé ben Israel. Tuvo, gracias a la Reforma, acceso a los gobernantes que tenían por el Israel de la Biblia un renovado interés y aprecio.

Se relacionó con la culta reina de Suecia, que era luterana, y en el año 1649, visitó a Oliver Cromwell, que había encabezado su célebre revolución para dar a Inglaterra la oportunidad de ser una república que adhería a los principios bíblicos (judeocristianos). Cromwell concedió a los marranos ya establecidos en Inglaterra la autorización para profesar libremente su culto, mantener una sinagoga y adquirir tierras.

De este modo, la actividad judía renació en Inglaterra, creció cada vez más a través del período de la restauración y se desarrolló una comunidad sefardí rica y lo suficientemente consolidada para construir una imponente sinagoga en Londres, que aún funciona y que fue inaugurada en 1701.

Los sefarditas son en la actualidad muy reconocidos en Inglaterra, siguen reteniendo algo de su antiguo lustre y prestigio y han participado en forma activa en el gobierno de lo que fue hasta no hace mucho tiempo la primera potencia mundial.

Justamente esta fecha determina el establecimiento de la isla británica como primera potencia en los mares hacia un imperio mundial que España ya estaba perdiendo.

Debemos recordar: *«Al que te bendijere lo bendeciré y al que te maldijere lo maldeciré. Serás bendición y serán benditas en ti todas las naciones de la tierra».*

La expulsión de los judíos de España fue uno de los motivos de su decadencia, la falta de libertad para todas las confesiones cristianas también lo fue, pero el espíritu de la nación española es lo suficientemente capaz de reencontrarse con los valores verdaderos y eternos que levantan a las naciones. En la Biblia está escrito: *«la justicia engrandece la nación; mas el pecado es afrenta de las naciones».* La intolerancia, especialmente la de la Inquisición extinguió la vida literaria de España, y puso a la nación casi afuera de la civilización europea. Muchos países de Europa también fueron duros con el pueblo de Israel, pero su arrepentimiento y el cambio que le dio la Reforma al adherir a la revelación de Dios por la fe, hicieron la diferencia, como está escrito en la epístola del apóstol Pablo a los Gálatas, *«¡Oh gálatas insensatos! ¿quién os fascinó para no obedecer a la verdad, a vosotros ante cuyos ojos Jesucristo fue ya presentado claramente entre vosotros como crucificado? Esto solo quiero saber de vosotros: ¿Recibisteis el espíritu por las obras de la ley, o por el oír con fe? ¿Tan necios sois? ¿Habiendo comenzado por el Espíritu ahora vais a acabar por la carne? ¿Tantas cosas habéis padecido en vano? si es que realmente fue en vano. Aquel, pues, que os suministra el Espíritu, y hace maravillas entre vosotros, ¿lo hace por las obras de la ley, o por el oír con fe? Así Abraham creyó a Dios, y le fue contado por justicia. Sabed, por tanto, que los que son de fe estos son hijos de Abraham. Y la Escritura, previendo que Dios había de justificar por la fe a los gentiles, dio de antemano la buena nueva a Abraham, diciendo: En ti serán benditas todas las naciones. De modo que los de la fe son bendecidos con el creyente Abraham»* (Ga 3:1-9).

En 1513 Martín Lutero redescubrió que: *«El justo vivirá por la fe»*, verdad que la iglesia había ignorado por tantos años. Comenzó una carrera de renovación que fue detenida en España por intereses políticos, que contribuyeron a la decadencia de una gran nación imperial, a la España que es hoy. Esta verdad no fue detenida en los países que son los hijos de España y América Latina y es hoy la esperanza de los que son de la fe por la libertad y por la increíble multiplicación de un pueblo, verdadero Israel, que está recibiendo las leyes de Dios y las escribe en su mente y corazón como está escrito en Isaías capítulo 31:33.

Un evangelio vivo del Espíritu, como dice en lo que acabamos de leer, se ha constituido en el movimiento espiritual más importante de todos los tiempos y está cubriendo América Latina con las buenas noticias de la intervención de Dios a favor de las personas, familias y naciones.

Esta fuerza gana personas para Cristo en todos los estratos sociales del continente, aunque su característica principal es de un movimiento popular que transformando a las personas como el cristianismo primitivo, las prepara para un ascenso social. Y ya se está dando en el orden político que llevará a una de las transformaciones más increíbles de los últimos tiempos. El ascenso social, la dedicación seria al progreso y estudio de sus jóvenes hacen prever que en corto plazo impactará definitivamente en la cultura, sociedad y economía en todas las naciones hispanoamericanas.

Con sus agrupaciones se abren expectativas de ascenso social y económico, se unen para formar pequeñas empresas, desarrollan cooperativas y asociaciones formales, y de hecho, que tocan todos los aspectos de la vida humana. Salud, educación, agricultura, industria y construcción, aparte del avance en el conocimiento de la teología y la historia. Desarrollan centros para recuperación de adiciones que penetran en todos los estratos sociales, sin dejar de lado la mentalidad seria en la apreciación de las expectativas culturales. Este avance incontenible se está dando en los países hispanos y también en las comunidades hispanas de Estados Unidos de Norte América.

Si España se abre a esta expectativa y recibe a Jesucristo podrá experimentar una grandiosa transformación en todos los órdenes de su vida como país, como ya está comenzando a suceder con muchos de los países hispanos.

Con los antecedentes que tiene en su milenaria historia, España debe participar en este movimiento. Es hora que despierte de su letargo y se apreste a aceptar la responsabilidad de esta hora.

Israel y España, Dios reunirá todas las cosas en Cristo

Israel, el pueblo de Dios, es tan importante que pese a que hace quinientos años fue expulsado de España, su presencia aflora en museos, sinagogas, monumentos artísticos y leyendas. Un legado cultural que nunca podrá ser borrado y que se nota en ciudades como Granada, Málaga, Cádiz, Sevilla, Córdoba, Toledo, Hervaz, Segovia, Barcelona, Girona, Cáceres, Besalú. Desde que desembarcaron con las naves de Tarsis, construidas por ellos mismos de la mano de los fenicios su presencia fue ininterrumpida.

Muchos fueron obligados a aceptar la religión católica, los llamaron marranos. Quisieron tanto a España que aceptaron la imposición, tal vez más dolorosa que cualquier castigo. Su idioma, que llevaron a todos los lugares a donde concurrieron, se llama ladino y todavía está vigente.

España también sufrió algo de lo que sufrió Israel, la discriminación y el odio racial irracional. Muchos pueden dar ejemplo de ello. Pero el Espíritu Santo sigue obrando y ahora sucederá lo que está escrito en Isaías 11 (RVR60): *«Saldrá una vara del tronco de Isaí, y un vástago retoñará de sus raíces. Y reposará sobre él el Espíritu de Jehová; espíritu de sabiduría y de inteligencia, espíritu de consejo y de poder, espíritu de conocimiento y de temor de Jehová. Y le hará entender diligente en el temor de Jehová. No juzgará según la vista de sus ojos, ni argüirá por lo que oigan sus oídos; sino que juzgará con justicia a los pobres, y argüirá con equidad por los mansos de la tierra; y herirá la tierra con la vara de su boca, y con el espíritu de sus labios matará al impío. Y será la justicia cinto de sus lomos, y la fidelidad ceñidor de su cintura».*

Dios se ha propuesto reunir todas las cosas en Cristo, las que están en la tierra y las que están en los cielos.

CAPÍTULO 12

HISTORIA DE LA INQUISICIÓN

L a Inquisición surgió lentamente en España como un instrumento destinado a la defensa de la fe y de la sociedad amenazada por la acción de los herejes. La herejía es por propia definición, todo aquello que vaya contra los dogmas, las tradiciones, las enseñanzas, los sacramentos, ritos y creencias católicos. Por ello, la Iglesia Católica Romana vio en los herejes o disidentes, un grave peligro para su propia existencia.

Recordemos que en aquel tiempo, el fundamento de la sociedad y del estado era la religión, la cual constituía la base del ordenamiento político y jurídico. En este contexto, los herejes atentaban contra la Iglesia, el estado, el orden público y las autoridades constituidas. En consecuencia, los reales alcances del delito de herejía se explican no solo por factores estrictamente teológicos sino también por factores políticos, sociales, jurídicos y económicos; sin esa consideración no tendríamos una visión clara del significado de la Inquisición.

Esta en sí no se constituyó hasta 1231, con los estatutos *Excommunicamus* del Papa Gregorio IX. Con ellos, el Papa redujo la responsabilidad de los obispos en materia de ortodoxia, sometió a los inquisidores bajo la jurisdicción del pontificado, y estableció severos castigos.

El cargo de inquisidor fue confiado casi en exclusiva a los franciscanos y a los dominicos, a causa de su mejor preparación teológica y su supuesto rechazo de las ambiciones mundanas.

Restringida en principio a Alemania y Aragón, la nueva institución entró enseguida en rigor en el conjunto de la Iglesia, aunque no funcionara por entero o lo hiciera de forma muy limitada en muchas regiones de Europa.

Dos inquisidores con la misma autoridad —nombrados directamente por el Papa— eran los responsables de cada tribunal, con la ayuda de asistentes, notarios, policía y asesores. Los inquisidores fueron figuras que disponían de imponentes potestades, porque podían excomulgar incluso a príncipes.

Los inquisidores se establecían por un período definido de semanas o meses en alguna plaza central, desde donde promulgaban órdenes solicitando que todo culpable de herejía se presentara por propia iniciativa. A quienes se presentaban por propia voluntad y confesaban su herejía, se les imponía penas menores que a los que había que juzgar y condenar. Se concedía un período de gracia de un mes más o menos para realizar esta confesión espontánea; el verdadero proceso comenzaba después.

La policía inquisitorial buscaba a aquellos que se negaban a obedecer los requerimientos. Los acusados estaban obligados bajo juramento a responder a todos los cargos que existían contra ellos, convirtiéndose así en sus propios acusadores.

En 1252 el Papa Inocencio IV autorizó la práctica de la tortura para extraer la verdad de los sospechosos. Los castigos podían consistir en una peregrinación, un suplicio público, una multa o cargar con una cruz. En los casos más graves las penas eran la confiscación de propiedades o el encarcelamiento. La pena más severa que los inquisidores podían imponer era la prisión perpetua.

Aunque en sus comienzos la Inquisición dedicó más atención a los albigenses y en menor grado a los valdenses, sus actividades se ampliaron a otros grupos heterodoxos, como la Hermandad, y más tarde a los llamados brujas y adivinos.

Alarmado por la difusión del protestantismo y por su penetración en Italia, en 1542, el Papa Pablo III estableció en Roma la Congregación de la Inquisición, conocida también como la Inquisición Romana y el Santo Oficio. Seis cardenales constituyeron la comisión original, cuyos poderes se ampliaron a toda la Iglesia. En realidad, el Santo Oficio era una institución nueva vinculada a la Inquisición medieval solo por vagos precedentes.

Mientras la Inquisición medieval se había centrado en las herejías que ocasionaban desórdenes públicos, el Santo Oficio se preocupó de la ortodoxia de índole más académica y sobre todo, la que aparecía en los escritos de teólogos y eclesiásticos destacados.

El Papa Pablo IV publicó el primer *Índice de Libros Prohibidos* en 1559, lo cual muestra claramente el desprecio por la libertad individual que ejercía el alto clero sobre las personas y los países.

Aunque papas posteriores atemperaron el celo de la Inquisición, comenzaron a considerarla como el instrumento consuetudinario del gobierno papal para regular el orden en la Iglesia y la ortodoxia doctrinal.

Esta oscurantista institución fue la que procesó y condenó a Galileo en 1633 por afirmar que la tierra se movía alrededor del sol. Este proceso, que fue escándalo por atentar contra las investigaciones y la ciencia, sería una dura carga para la Iglesia Católica por ejercer un excesivo paternalismo y dominio sobre las personas y sus ideas. Recientemente, hace unos pocos años, la Iglesia Católica reparó la ofensa a las personas, pidiendo perdón públicamente por medio de la persona del Papa Juan Pablo.

Diferente de la Inquisición medieval, la española se fundó con aprobación papal en 1478, a propuesta del rey Fernando V y la reina Isabel I. Esta Inquisición se iba a ocupar del problema de los llamados marranos, los judíos que por coerción o por presión social se habían convertido al cristianismo. Después de 1502 centró su atención en los conversos del mismo tipo del Islam, y en la década de 1520 a los sospechosos de apoyar las tesis del protestantismo.

A los pocos años de la fundación de la Inquisición, el papado renunció en la práctica a su supervisión a favor de los soberanos españoles. De esta forma, la Inquisición española se convirtió en un instrumento en manos del estado más que de la Iglesia, aunque los eclesiásticos, y de forma destacada los dominicos, actuaran siempre como sus funcionarios.

Podemos señalar como la primera causa el fenómeno de conversión masiva de judíos que se produce durante las revueltas y motines antijudíos de 1391, que se iniciaron en Sevilla por los sermones de Fray Ferrant Martínez. Continuaron con la prédica de Vicente Ferrer en Castilla entre los años 1400 y 1420, que también lograron una conversión masiva de judíos. Estas conversiones, en su mayoría, no fueron sinceras sino que se hicieron a la fuerza, ante la presión de un pueblo enardecido, motivado por sacerdotes fanáticos de los asuntos terrenales de su iglesia.

Entonces comienza el fenómeno de los «conversos» y su calvario, que signará la historia de España y de los judíos hasta mediados del siglo pasado.

A mediados del siglo XV encontramos en la Península Ibérica varias clases sociales:

Los reyes y la nobleza, ostentan el poder, manejan las armas, hacen la guerra a los moros y son dueños de las tierras, desprecian el trabajo manual.

El pueblo, que depende de los señores feudales y son los que cultivan la tierra, son incultos e iletrados.

El clero, que depende de Roma y está agrupado en conventos de diferentes órdenes; las más importantes son los dominicos y los franciscanos, pregonan el ascetismo, la vida dedicada a la oración y dependen directamente de Roma, no del obispo local, dominan el saber, los libros y las bibliotecas, son los cristianos educados.

Los moros, son el pueblo vencido que retrocede a medida que los cristianos conquistan el territorio hasta concentrarse finalmente en Andalucía, en la provincia de Granada.

Los judíos, que habitaban la península desde tiempos inmemoriales, son habitantes urbanos, que ejercen toda clase de oficios. Eran letrados y conocían la contabilidad y la numeración decimal.

Las leyes de los diferentes reinos limitan cada vez más las posibilidades de trabajo de los judíos impidiéndoles ejercer diversos oficios. Sus actividades son cada día restringidas y son obligados a vivir en barrios determinados, hay un intento de excluirlos de la vida económica.

En este panorama se insertan los conversos, llamados también marranos o cristianos nuevos, en contraposición a los cristianos viejos que son los originarios.

Los conversos ven que al cambiar de religión, los impedimentos que tenían como judíos son eliminados y tienen acceso a todos los oficios y puestos del reino, que antes les eran vedados. Enseguida comienzan a escalar posiciones en las cortes de España por su capacidad y sabiduría. Con el correr del siglo XV, estos cristianos nuevos despiertan la envidia y los celos de los más viejos y comienzan las intrigas y las demandas en su contra.

El casamiento de la reina Isabel de Castilla y Fernando de Aragón, permitió la unión de ambas coronas.

Era confesor de la reina Isabel, Tomás de Torquemada, prior de los dominicos e influyente en la corte. Se hizo eco de las protestas de los cristianos viejos y comenzó a predicar acerca de la conveniencia de crear una Inquisición en Castilla. En 1478 se descubre en Sevilla a un grupo de cristianos nuevos que hacían ceremonias extrañas a la religión cristiana. Esto convence a la reina, que ordena a los embajadores de España en Roma que pidan al Papa la creación de una Inquisición para Castilla y Aragón. El Papa Sixto IV expide una bula en noviembre de 1478 que autoriza a los reyes de España a nombrar inquisidores y removerlos a perpetuidad.

Se crea el tribunal y los primeros inquisidores, Miguel de Morillo y Juan de San Martín, llegan a Sevilla en septiembre de 1480. El primer auto de fe tuvo lugar en Sevilla el 6 de febrero de 1481, en el quemadero de la Tablada, donde los primeros acusados son condenados a la hoguera.

La Inquisición española se diferenciaba de la Pontificia en primer lugar porque a los inquisidores los nombraba el rey, no el Papa, o sea que pasaban a ser funcionarios de estado y respondían a las políticas del reino. La segunda diferencia era que los procesos no eran apelables en Roma. De esta manera el mismo reino de España fue el responsable directo por la opresión de la Inquisición sobre cuestiones religiosas y políticas.

El tribunal se organizó de tal manera que Torquemada fue nombrado inquisidor supremo para Castilla, Aragón y Sicilia. La sede primitiva estaba en Sevilla, trasladándose luego a Toledo. La autoridad del inquisidor supremo era inapelable.

El Papa Clemente VIII les otorgó facultades de revisar todo tipo de impresos y manuscritos y de prohibir la lectura y circulación de todos los libros y papeles que juzgasen perjudiciales a la moral o contrarios a los dogmas, ritos y disciplina de la iglesia.

El establecimiento de la Inquisición en España no fue acatado al principio en todas las ciudades con igual beneplácito ya que muchos veían la falsedad de las acusaciones y los débiles argumentos con que coartaban la libertad de las personas. En algunas regiones hubo una fuerte oposición y en el reino de Nápoles, vasallo de Aragón, nunca se pudo establecer por la oposición de los Barones que nunca la admitieron, en un ejemplo digno de admiración.

Así en Aragón, las cortes demoraron dos años en acatar el establecimiento de la Inquisición a la manera de Castilla, pese a que la Inquisición pontificia funcionaba desde el siglo XIII. Sucedía que los reyes de estos lugares sabían bien que la Inquisición era una agresión sin sentido para defender los intereses de propiedades, ya que en la mayoría de los países donde la Iglesia romana estaba establecida controlaba desde una quinta hasta una tercera parte de todas las tierras.

Antonio de Nebrija, autor de la primera gramática castellana fue acusado ante la Inquisición y luego absuelto.

Fray Luis de León, por su traducción del Cantar de los cantares fue procesado y puesto en prisión. Absuelto al cabo de cinco años acuñó, al volver a su cátedra, la frase «Decíamos ayer...» Santa Teresa de Jesús, y San Juan de la Cruz también sufrieron procesos. La Inquisición tuvo el principal papel durante la expulsión de los judíos de España, más tarde se ocupó de la persecución de brujas, luego persiguió a los protestantes en el siglo XVI y XVII y finalmente en el siglo XVIII a los masones y a los seguidores de la ilustración y de la Revolución Francesa. Siempre continuó con el índice de los libros editados en España y las colonias, determinando qué se podía leer y qué no.

El nefasto accionar de esta institución creada para defender a costa de asesinatos la fe de una iglesia que supuestamente debía defender el amor, produjo centenares de miles de mártires entre albigenses, reformadores de la ciudad de Albi en Francia, reformadores de la iglesia que había caído en la más terrible apostasía ya que negaban su fe con los hechos. Los moravos y bohemios de Checoslovaquia, los hugonotes de Francia, los españoles que seguían a Valdez que dieron su vida por la fe y muchos de los cuales debieron emigrar a Italia. No solo los inquisidores cometían atropellos contra los derechos humanos sino también el vulgo, que imitando a los hombres que creían superiores delataban y perjudicaban de muchas maneras a los cristianos, que aspiraban a vivir la vida de Jesucristo y no seguir una doctrina idólatra y perversa como lo fue en esos duros momentos que duraron siglos, las doctrinas propiciadas por los papas y obispos de la Iglesia Católica Romana.

Evidentemente gran parte de los años de la tribulación anunciada en Apocalipsis, fueron años vividos bajo el control y abuso de quienes ejercían la dirección de la Inquisición. En muchos lugares de España y América Latina los continuadores de la Inquisición dominan la mente de la gente a través de la influencia de las llamadas tradiciones que no son más que mandamientos de hombres para controlar a las personas y ejercer un dominio sobre ellas, que no es del reino de los cielos sino de una casta clerical que tiene aspiraciones y posiciones de poder, que defienden por todos los medios a su alcance.

La Inquisición finalmente fue suprimida en España después de cientos de años de perversidades, en el año 1843, tras un primer intento fallido en las Cortes de Cádiz, en 1812.

La reforma de la Iglesia, a partir de Lutero, Zwinglio y Calvino, produjo una serie de consecuencias a nivel nacional de los países involucrados que se manifestó en las famosas Guerras de la Religión contra los protestantes alemanes, contra los protestantes de los Países Bajos, contra los hugonotes de Francia, contra Inglaterra, la famosa guerra de los treinta años que asoló el noroeste de Europa. Estas guerras religiosas fueron iniciadas por los reyes católicos instigados por los papas y sobre todo por los jesuitas con el propósito deliberado de terminar con la reforma de una iglesia que estaba totalmente enquistada en la sociedad y sobre todo en los gobiernos, ejerciendo un dominio déspota, no solo sobre las personas sino también sobre sus conciencias.

La Inquisición en América

Como hemos dicho, el 12 de octubre de 1492, Cristóbal Colón arribó al Nuevo Mundo, habiendo partido del puerto de Palos, en España, el 3 de agosto de 1492, que era el 10 de *Ab* según el calendario hebreo, último día permitido por los reyes católicos para la permanencia de judíos en España antes de la expulsión.

La inmensa mayoría de los historiadores creen firmemente que Colón era judío convertido al cristianismo y un hombre de oración, al igual que muchos de sus tripulantes. Esto quiere decir que los judíos conversos habitaron América desde el comienzo de la exploración y la conquista. En las sucesivas expediciones Colón ingresó gran número de cristianos nuevos. Seguramente pensaban que en las tierras descubiertas estarían mas lejos de las garras de la Inquisición, que hacía ya mucho tiempo que operaba en España.

Desde el comienzo de la colonización española, al crearse los obispados de México y Lima, operó la Inquisición episcopal.

En 1496, el rey Manuel de Portugal debía contraer nupcias con la princesa Isabel de España, hija de Fernando e Isabel. Los reyes católicos impusieron al rey Manuel, como condición para acceder al matrimonio, la expulsión de los judíos de Portugal.

El rey Manuel accede al pedido de sus futuros suegros y firma un edicto de expulsión de los judíos, dando nueve meses de plazo para la salida, pero luego se arrepiente y les prohíbe la salida y promueve la conversión forzosa de esos judíos. Es necesario destacar que en 1492, cuando los judíos son expulsados de España, se calcula que treinta por ciento de ellos emigró a Portugal, país vecino, pensando que al poco tiempo el Edicto de Expulsión sería revocado y podrían regresar a sus hogares. Los judíos fueron llevados a su bautismo a la fuerza. Profesaron externamente el cristianismo, asistieron a misa, se confesaban, pero en secreto practicaban la religión judía. Muchos esperaban pacientemente la oportunidad para salir de Portugal.

Portugal, que ya tenía experiencia en la exploración oceánica de las costas de África hasta dar la vuelta al cabo de Buena Esperanza, comienza también la exploración del Nuevo Continente.

Los reyes de España, inmediatamente después de los descubrimientos, aplican leyes raciales de limpieza de sangre para obtener las licencias para pasar a las Indias. Había que demostrar que el candidato no tenía sangre de moros o judíos entre sus antepasados por siete generaciones. Si bien muchas veces estas disposiciones fueron burladas, era difícil para los conversos españoles pasar a América.

Muy distinta fue la suerte de los judíos conversos forzados de Portugal, que durante la primera mitad del siglo XVI no tuvieron impedimentos para ir a las Indias, y de este origen fue un porcentaje importante de los primeros portugueses que poblaron el Brasil.

A mediados del siglo XVI en Hispanoamérica están ya los españoles firmemente establecidos en México y en Perú. En estas colonias había un porcentaje importante de cristianos nuevos y conversos obligados. Surgen entonces reclamos para nombrar un tribunal de la Inquisición. El rey Felipe II, por real cédula del 25 de enero de 1569, crea los tribunales de la Inquisición en la ciudad de México y en Lima.

El tribunal de Lima tenía jurisdicción sobre las tierras que hoy conforman Argentina, Chile, Paraguay, Bolivia y Uruguay, además del propio Perú. También tenía jurisdicción sobre lo que hoy es Ecuador, Colombia y Venezuela hasta que en el año 1610 se crea el último tribunal de América en Cartagena de Indias que tiene jurisdicción sobre estos últimos territorios.

Los primeros inquisidores designados para ocupar el tribunal de Lima fueron Serván de Cerezuela y Andrés Bustamante. Este último falleció durante la travesía y Cerezuela llegó a Lima en el año 1570. La jurisdicción del tribunal comprendía los obispados de Panamá, Quito, el Cuzco, Los Charcas, Río de la Plata, Tucumán, Concepción, Santiago de Chile y todas los provincias y señoríos del Perú. Esto queda claro desde el primer sermón leído en Lima por el inquisidor Cerezuela.

La diferencia principal de los tribunales americanos con respecto a los de la península era que el tribunal no tenía jurisdicción sobre los indios, ya que procuraba su evangelización. Su principal objetivo era erradicar de las Indias a los cristianos nuevos sospechosos de judaizantes y a los protestantes.

El primer auto de fe tuvo lugar en Lima el 15 de noviembre de 1573 y el primer cristiano «quemado» fue Mateo Salado, de nacionalidad francesa, por sostener los principios de la salvación por la fe. El establecimiento de la Inquisición en América tuvo una fuerte oposición de los obispos católicos ya que impedía su propia libertad.

A raíz de la conquista se había producido un relajamiento de la moral pública y privada. La vida de los hispanos en Indias resultaba escandalosa y se daban muchos casos de poligamia, blasfemia, idolatría, brujería, etc. Ante ello, las autoridades virreinales, las eclesiásticas y numerosos personajes, entre ellos Fray Bartolomé de las Casas, solicitaron al rey de España el establecimiento de la Inquisición para que se corrigiesen tales desviaciones.

El antisemitismo imperante en aquella época en España se trasladó a las colonias indias junto con los primeros conquistadores peninsulares e indiscutiblemente, los judaizantes llevaron la peor parte en el funcionamiento del tribunal. Muy a pesar de que la corona había prohibido, desde los primeros momentos de la conquista, que los judíos y los que habían adherido al cristianismo por la presión de la Inquisición, así como sus descendientes pasasen a sus dominios indianos, muchos de ellos habían logrado burlar tales restricciones.

Otra de las razones esenciales, tanto por motivaciones religiosas como políticas, fue evitar la propagación de las grupos protestantes, ya que «podían ocasionar un grave perjuicio a la población indígena dificultando, cuando no impidiendo su conversión a la religión católica», según el oscurantista concepto de los reyes católicos que infundían en toda la corte y mucho más en los que enviaban a explotar América hispana. Este último tratamiento debe haber sido similar al utilizado en la actualidad en los países árabes para impedir la predicación del evangelio.

En 1580, año de la segunda fundación de Buenos Aires por Juan de Garay, en la península se produce la unión de los reinos de España y Portugal, pues Felipe II es el único heredero del trono de ese reino.

Muchos portugueses «sospechosos de su fe» comienzan a ingresar al virreinato del Perú por la ciudad recientemente fundada, en la cual la vigilancia de la Inquisición era más débil. La unión de los reinos se mantuvo durante sesenta años, en los cuales América hispana estuvo bajo una misma corona y, durante ellos, un gran número de cristianos nuevos pasaron de los dominios portugueses a los españoles. De tal manera que en el Río de la Plata, decir que alguien era «portugués», era sinónimo de «judío converso».

A pesar de tratarse de una misma institución, las particula-

ridades propias de las colonias hispanoamericanas originaron no pocas diferencias con el funcionamiento del Santo
Oficio peninsular. Sin duda la más importante fue la exclusión del fuero inquisitorial de la población indígena.

Las razones básicas eran dos: la primera, que los pobladores nativos recién estaban siendo instruidos en la religión
católica y en su mayoría, no podían entender aún claramente los dogmas ni mucho menos distinguirlos de las herejías.
La segunda, es que la intención declarada del monarca no
era que el tribunal fuese odiado, sino buscaba (por lo menos
en teoría) dar ejemplo a los aborígenes controlando la conducta y doctrina de los españoles.

Otra de las particularidades de la Inquisición indiana fue la
mayor extensión de los distritos inquisitoriales, que en un
principio estuvo relacionada a los respectivos virreinatos.
Esto motivó que cada distrito inquisitorial indiano alcanza-
ra millones de kilómetros cuadrados de extensión, amplitud
territorial que superaba en varias veces la de España.

Otra de sus diferenciaciones fue su relativa independencia
con relación al Consejo de la Suprema, organismo central
del Santo Oficio, fruto de las dificultades de comunicación.

Por último, el contenido de los procesos propició el desarrollo de una temática muy típica y peculiar, diferenciada de
la peninsular, por discurrir en una realidad distinta.

En el siglo XVII surgió la idea de crear un tribunal de la
Inquisición, ya fuera en Córdoba o en Buenos Aires. Los
motivos alegados eran que por el puerto del Río de la Plata
ingresaban portugueses judaizantes y también se introducí-
an libros prohibidos. Finalmente esta idea no fue aprobada
por España.

En el siglo XVIII la actividad del tribunal fue menor. Hubo

una sola ejecución, una mujer, María Francisca Ana de Castro, por judaizante. La mayor actividad consistió en investigar la circulación de libros prohibidos, los escritos de los enciclopedistas franceses y de aquellos autores que estaban a favor de las formas de gobierno republicanas como Voltaire y Rousseau.

El siglo XIX se inicia con las victorias de Napoleón, que corona a su hermano José en el trono de España. En diciembre de 1808 decreta la extinción del Tribunal de la Inquisición. Las cortes españolas que se oponen militarmente a Napoleón dictan una constitución liberal y en 1813 decretan la abolición de la Inquisición. En 1814, derrotado Napoleón y vuelto al trono el rey Fernando VII, restablece el tribunal.

Mientras tanto, en América, en Argentina, que se había independizado de España, la Asamblea del año Trece, a instancias de San Martín y de Alvear, decreta la eliminación de la Inquisición en Buenos Aires. Si la Asamblea tuvo que derogar la Inquisición, es prueba de que existía.

En la medida que los distintos movimientos a favor de la independencia prosperaban, una de las primeras medidas siempre fue la eliminación del tribunal.

La abolición del Tribunal de Lima se produce en 1821, durante el protectorado de San Martín. Es un hecho notable que bajo la influencia del Libertador, se haya eliminado la Inquisición en las Provincias Unidas del Río de la Plata, en Chile y en Perú. En España, muerto Fernando VII, su sucesora, la regente María Cristina elimina el Tribunal de la Inquisición en el año 1834.

Los papas que habían dominado el mundo entero a través de su inobjetable influencia en los gobiernos fueron los verdaderos creadores, motivadores e instigadores de la

Inquisición que impidió el desarrollo del conocimiento de la verdad en los países de Hispanoamérica.

En la hora más oscura de la humanidad los clérigos que estaban al frente de la Iglesia Católica promovieron la esclavitud no solamente física sino también mental de las personas. Bajo la influencia de los libertadores de América, Bolívar y San Martín la Inquisición fue abolida. Se inició de esta manera un proceso que cada vez toma más fuerza, que consiste en la verdadera evangelización de las personas y naciones proclamándose la verdad de la Biblia, que es que Cristo Jesús vino para dar libertad a los oprimidos, dar vista a los ciegos, romper las cadenas de la esclavitud y anunciar el año agradable del Señor a todos los hombres.

En toda América ha habido mártires por anunciar o proclamar las buenas noticias y hasta hace muy poco tiempo los cuerpos de los cristianos evangélicos que morían eran inhumados en cementerios aparte de los de la comunidad en general. En casi todos nuestros países, como una continuación de la obra y mentalidad de la Inquisición, los cristianos y las iglesias han sido perseguidos, segregados, maltratados, sufrieron injusticia y la situación tiende a cambiar no por la buena voluntad de la religión creadora de la Inquisición sino por la incontenible fuerza de la predicación del evangelio que cada día se expande con mayor fuerza en este continente americano.

La Inquisición, fariseísmo medieval

No se distingue la luz sin conocer la oscuridad. La Inquisición fue la oscuridad de Europa y España antes de que viniera la luz. La Inquisición fue la oscuridad de Europa y América, sirvió a los intereses de las tinieblas. Ahora solamente es cosa del pasado y no hay ninguna posibilidad de que vuelva a suceder si los hombres se alumbran con la luz de Dios y su sabiduría.

La Inquisición es la opresión, el oscurantismo, la ignorancia, el orgullo por la raza, por la religión, por cualquier excusa que sirva para apartarme vilmente de mi hermano. Es un complejo de inferioridad, es un grito para el que no tiene razón. La Inquisición es muerte y de hecho mató personas, instituciones e ideas. El conocimiento de Dios a través de Jesucristo es vida en abundancia y libertad.

Cuando las tinieblas desaparecen comienza la luz, pero sin que aparezca la luz las tinieblas permanecen.

Todavía hay muchas tinieblas en Europa y en América, que desaparecerán únicamente cuando el mensaje de Jesucristo sea predicado con toda la gloria y luz, para libertad de las personas que todavía siguen presas de sus odios, sus intereses mezquinos, enfermedades del corazón que se curan cuando entra Jesucristo.

Así como la Inquisición dominó sobre naciones y todo un continente, viene ya la hora en que la luz de Dios será la gloria de las naciones. *«Como el agua cubre el mar, todo el mundo será lleno del amor y la gloria del Señor».*

CAPÍTULO 13

ESPAÑA Y LOS HISPANOS DEBEN ELEGIR

En la Biblia dice que las naciones son nada más que hombres y los hombres debemos hacer diariamente nuestras elecciones. La más importante es cuál va a ser nuestra columna principal, nuestro punto de apoyo, nuestro sostén. España hoy debe elegir entre las tradiciones históricas o una renovación fresca del pensamiento para lograr los objetivos que Dios le ha marcado a través de toda la vida. España debe elegir entre la duplicidad o la integridad. Debe elegir entre tener fe en el destino que Dios le ha propuesto o seguir su propio rumbo. Debe elegir entre tener metas o seguir a lo que salga. España debe elegir asumir su perfil histórico de ser puente entre pueblos y naciones, entre continentes, entre razas, entre idiomas, entre culturas o aislarse. Debe elegir entre una renovación total y asumir el liderazgo natural que Dios le dio, o seguir siendo una nación ni tan tan ni muy muy. En Argentina llamamos a esto: «Ni chicha ni limonada». Hoy es el día en que España debe elegir.

En Deuteronomio 30:15 (NVI) dice: *«Hoy te doy a elegir*

entre la vida y la muerte, entre el bien y el mal. Hoy te ordeno
que ames al SEÑOR tu Dios, que andes en sus caminos, y que
cumplas sus mandamientos, preceptos y leyes. Así vivirás y te
multiplicarás, y el SEÑOR tu Dios te bendecirá en la tierra».

En el versículo 19 continúa diciendo: *«Hoy pongo al cielo*
y a la tierra por testigos contra ti, de que te he dado a ele-
gir entre la vida y la muerte, entre la bendición y la maldi-
ción. Elige, pues, la vida, para que vivan tú y tus descen-
dientes».

España tiene el derecho a hacer las elecciones que quiera,
pero este tiempo tan importante debe aceptar el desafío histórico de esta hora y asumir el liderazgo natural con todos
sus países «príncipes».

Esta elección es entre la vida y la muerte, el pasado o el
futuro, participar en las alturas como las águilas o arrastrar-
se en sus propios frustrantes recuerdos.

Este trabajo contiene mucha historia y es porque ante toda
decisión importante los hombres y las naciones deben saber
qué es lo que son, cuáles han sido sus caminos conducentes
a la actual realidad, cuáles sus sueños y también tener conciencia de sus éxitos o fracasos. Otro versículo bíblico dice:
«Así dice el SEÑOR: Deténganse en los caminos y miren;
pregunten por los senderos antiguos. Pregunten por el buen
camino y no se aparten de él» (Jeremías 6:16).

Resumiendo todo lo dicho en este libro, vemos que España
nació de la colonización semita por parte de los fenicios de
Hiram de Tiro y su aliado el pueblo hebreo de Salomón, que
fundaron primero Cartago, Gadir y Tartessos y desde allí, se
expandieron por el norte y este para explotar sus minas,
colonizando el territorio y dejándole impresa su primera

capa. Los griegos, los romanos, los germanos, y los árabes formaron una entidad nacional que destinada a la grandeza, como Israel, pasó hasta estos días por el desierto. Hoy en día España tiene en su principal haber: el idioma castellano, tal vez la lengua más rica del mundo entero. Un pueblo culto muy preparado con hábitos laborales de primera magnitud, espíritu de sacrificio, calidad artística y creadora. Un pueblo que sabe vivir y apreciar lo bueno, distinguiendo el plástico de la noble madera. Una descendencia de naciones que es su misma continuación y con las cuales, en un espíritu de hermandad, tienen la oportunidad histórica de constituir el puente, que siempre fue, entre oriente y occidente, entre el norte y el sur y como es ahora entre los lentos y los rápidos.

España tenía destino de imperio. En sus comienzos, los hebreos y fenicios fundadores y colonizadores que se habían establecido originalmente, fueron los primeros que enfrentaron a Roma en las guerras púnicas. Soldados españoles dieron su vida por el imperio compuesto de Cartago, Gadir y Tartessos que en número de cuarenta mil cruzaron los Pirineos y recorrieron la provincia itálica en dura lucha contra la naciente Roma. Los descendientes de Salomón e Hiram, hijos de Sem, ya tenían visión imperial. La grandeza de Roma los incluyó, ya que Hyspania era la provincia más importante del imperio, al que dio generales y aun césares.

La fe de Jesucristo tuvo fuerte arraigo y su pastor el apóstol Santiago dejó su vida en España. El cristianismo tuvo su crisol de sufrimiento en la Península Ibérica. Fue el lugar preferido de los nacientes germanos y los árabes la llamaron tierra de la luz, irradiando desde ella su sabiduría a todo el mundo, en combinación con los sabios judíos, pueblo que nunca se fue de España desde las épocas de Salomón.

Tuvo una gran descendencia de naciones que hoy en día aceptan su liderazgo, si lo asume de una buena vez. La lucha contra el cristianismo renovado le significó la primera derrota importante como imperio en el mar del norte. Desde allí comenzó a perder su brillo, sus posesiones, las divisiones internas facilitaron su debilitamiento, pero ahora tiene una nueva oportunidad.

España tenía deseos de imperio desde su comienzo, la excelencia, la libertad y la sabiduría eran sus metas hasta que... Como Moisés, el equivalente a cuarenta años del desierto la aguardaban. Pero ya se ve la tierra prometida ¡España levántate y resplandece, ha llegado tu luz!

¿Qué es España en la actualidad?

El Reino de España tiene una extensión de 505.992 kilómetros cuadrados, está situado en el suroeste del continente europeo. Además del territorio continental europeo posee dos enclaves en África, Ceuta y Melilla; islas en el Mediterráneo, las Baleares, e islas en el Océano Atlántico, las Canarias. El treinta y siete por ciento de sus tierras son cultivables, otro tercio de ellas está cubierto por forestaciones. España es un país montañoso, seiscientos metros de altura promedio, solamente Suiza la supera en Europa. El idioma oficial es el castellano en todo el país. Está dividida en diecisiete unidades autónomas. Su gobierno es una monarquía parlamentaria con un jefe del estado, que es el rey y con un presidente del gobierno que es el presidente. En seis comunidades autónomas tienen otro idioma como lengua oficial aparte del castellano: Cataluña, País Vasco, Navarra, Valencia, Galicia e Islas Baleares.

Tiene un río navegable, el Guadalquivir, una industria de la alimentación de primera magnitud, muy desarrollada la siderurgia, la industria pesquera, los puertos y el transporte. El turismo internacional tiene a España como a una de las metas preferidas del mundo entero. Sus playas y clima benigno es el destino para descanso de los pobladores del norte de Europa. La proverbial cultura española, sus museos, sus ciudades antiguas, sus cuevas, su particular gastronomía y la excelente atención del pueblo español hacen que tal vez sea uno de los mejores lugares del mundo para vivir.

Esto es importantísimo para el pueblo español y cualquier otro del mundo, pero dentro del espíritu del español hay una eternidad de llamados espirituales, que todavía no se han satisfecho, hay una propensión a la trascendencia que es lo que eleva a todos los pueblos, que en cualquier momento hará de esta nación, juntamente con los países hispanos una potencia abarcadora que el mundo admirará.

Una nación madre, no renuncia nunca a su destino. Cuando una nación que ha dado a luz a nuevos pueblos y naciones despierta, lo hace de una manera que sorprende.

Hoy es el momento de España y España no es solamente la Península Ibérica, España es el mar Caribe, México, California, América Central, la cordillera de los Andes, el altiplano, las selvas sudamericanas, las llanuras, la Patagonia, algo de África y algo de Asia en su extremo sur, las Filipinas. Como dijimos España es un puente, pero ahora le toca ser el puente más largo, innovador y necesario para todos sus pueblos y para la propia madre. El puente de quinientos años entre sus propósitos evangelizadores, colonizadores, y la actualidad, un puente de amistad con sus hijos crecidos, un puente adulto de cooperación mutua, un puente de comprensión, un puente de libertad ¡España oye la voz de Dios!

La Biblia dice: *«Sin visión el pueblo perece»*, en otra versión afirma: *«Sin profecía el pueblo se desenfrena»*. Es así, la visión fue lo que movió al pueblo fenicio en combinación con el pueblo hebreo, al griego, al romano. La visión de Cristo triunfante en todo el mundo motivaba a Pablo para ir a España, motivó a Santiago para dejar su vida en ella. España era una tierra de visiones y visionarios como Colón, como Aníbal, como Averroes, como Maimónides.

España hoy debe asumir su necesidad de ser lo que ya fue, hoy debe elegir una nueva visión mucho más abarcadora y completa. Como se dice hoy; una visión global.

España sufrió vejaciones en todas las épocas, la injusticia dominó su ambiente. El hambre también la azotó. La Inquisición, un manto de oscuridad sobre su pasado; las explotaciones del hombre por el hombre que todo el mundo sufrió se vieron mucho en esta tierra; los judíos, el pueblo de Dios fue maltratado; los cristianos, que deseaban renovar su fe y conocimiento de Dios fueron discriminados, esto sucede hasta el día de hoy. La exclusión, discriminación y descalificación fue una política constante. Todos sabemos que en el mundo entero se sufrieron estas calamidades. Esto es una realidad, pero a pesar de todo, esta bendita tierra española tiene créditos a su favor que las cortes celestiales no dejaran de apreciar.

Su mezcla con el indio, sus universidades que ya desde el siglo XVI había en Latinoamérica. El corazón ferviente de su pueblo por las cosas de Dios y su amistad de calor latino la han hecho fuerte en el espíritu, en sus emociones, y en sus nostalgias. El libre albedrío o libre elección ha sido la gracia más importante que Dios ha dado a las naciones y a los hombres, pero este libre albedrío muchas veces está bloqueado por elementos dañinos que logran frenar el avance de los hombres y las naciones.

Las tradiciones o programas que nos hemos impuesto muchas veces dificultan nuestros avances, como una armadura de hierro dificultaría el desenvolvimiento de un soldado actual. Los programas mentales que nos hemos grabado también hacen lo suyo. Por eso en Romanos capítulo 12 dice: *«No os conforméis a este siglo, sino transformaos por medio de la renovación de vuestro entendimiento, para que experimentéis cuál sea la buena voluntad de Dios, agradable y perfecta»* (RVR60). Las decisiones que ha tomado España a lo largo de la historia le han dejado huellas y grabaciones que en la actualidad debe desechar para modificar su conducta y actitud futura. Las actitudes gubernamentales dictatoriales, las órdenes impartidas indiscutibles, tal vez fueron necesarias en la conquista o reconquista, el orgullo propio era necesario para avanzar, conquistar, colonizar y no volver atrás.

Estas características han dominado el espíritu español juntamente con la exigencia, la ira consigo mismo y por extensión natural a lo demás. Todos estos programas deben dejar lugar a la persuasión, al acuerdo, al dominio propio, a la mansedumbre y templanza de la cual nos habla tanto la Biblia.

El espíritu de paz, visión, sabiduría, ciencia, sanidad mental, espiritual y corporal, de milagros, discernimiento de espíritu y lenguas e interpretación de lenguas deben ser los nuevos programas que deben entrar en una nación para que esta experimente en sí misma y en todo lo que tiene que ver con ella, la buena voluntad de Dios agradable y perfecta que invariablemente traerá consigo la renovación. La resistencia a la renovación y a la toma de decisiones es un mecanismo perverso que se origina en aquellos que se oponen al reino de Dios entre los hombres. La resistencia es producida por programaciones de las personas o naciones, muchas veces creadas por las propias decisiones erróneas con sus consecuentes fracasos. Algunas de ellas dicen: «Siempre ha sido así», «Nuestra naturaleza nos lleva a depender de tal organización madre», «No podemos cambiar», «Siempre fuimos así», «Debemos respetar las tradiciones». Y otras por el estilo.

Muchas veces se toman decisiones a la defensiva, otras veces accidentalmente, esta forma de tomar decisiones es tan importante como la misma actitud de no tomarlas o como las que tomamos a propósito. Las decisiones conscientes dan a luz resultados claros y positivos.

Si un país, nación o sociedad quiere hacer una evaluación de las decisiones que ha tomado debe dar una ojeada a su realidad actual y a la vida que ha llevado. Lo que se vea a la luz de este análisis será el resultado de las decisiones que toma.

El acto de tomar decisiones crea una actitud de confianza, motiva una voluntad, que si está en armonía con Dios, será la voluntad de Dios. Además agradable y perfecta. España debe decidir entre libertad o libertinaje, unirse a sus príncipes de América en una lucha común que los constituirá en una sola y muy grande nación o seguir sola como un apéndice de Europa.

Entre el falso orgullo y nacionalismo al que la libertad le da miedo o una actitud solidaria, de cooperación y aceptación de todas las ideas, usos y costumbres. España debe tener el espíritu de Cristo. Este espíritu es de libertad, es el espíritu del año agradable de Dios a favor de los hombres. El Espíritu de Cristo es el de sanar a los quebrantados, de romper los yugos, dar vista a los ciegos y libertad a los oprimidos. Está escrito: «*Conoceréis la verdad y la verdad os hará libres*».

Todas las naciones pueden elegir entre dos distintos tipos de modelo: A) Decisión para desarrollarse, crecer en todo sentido. B) Decisión para seguir como hasta el presente, decisión debilitante, porque toda falta de crecimiento es decadencia.

Para tomar una decisión correcta España debe preguntarse: ¿Cuál es su realidad nacional en este momento? ¿Qué lugar debería ocupar de acuerdo a sus antecedentes? ¿Qué decisiones españolas fueron contraproducentes e impidieron el desarrollo del país? ¿El sistema actual de apéndice de Europa es suficiente para las aspiraciones trascendentes de España? Si no es así: ¿Qué fue lo que no la dejó avanzar? Tal vez la pregunta más importante sería: ¿Cuáles son las metas de España como nación, las metas a favor de su pueblo, de los países a los cuales formó, algunos por cientos de años? ¿Cuáles son las contribuciones de España para el futuro?

En los últimos años en España se ha instalado una estabilidad democrática, productiva y financiera que la han ubicado en una plataforma de lanzamiento hacia el futuro que debe aprovechar. España debe controlar sus decisiones, así entrará en la senda del futuro.

España debe dejar de tener la levadura de los fariseos, que es la de los formalismos religiosos no coherentes, debe dejar su apego a la letra que mata, para dejar entrar la vida en el Espíritu. «*Donde está el Espíritu, allí hay libertad*», la Biblia. Debe entrar en la confianza de la bendición de Dios, no por lo que se haga, sino por aquello que Dios quiere hacer con España. La libertad religiosa, debe ser sagrada, pero sobre todo, el prójimo debe ser sagrado.

El despegue de España ha sido tan notorio en los últimos años, en lo económico y laboral, que muchas personas que provienen de todos los rincones del globo, ven a España como su tabla de salvación.es lamentable que muchos españoles están rechazando el flujo de inmigrantes que llega a sus costas, pero como ya sabemos, por mucha policía o demagogia que se emplee inevitablemente seguirá llegando. Esto seguirá así porque España, Tartessos, Sefarad, Hyspania, ha sido colonizada, invadida por pueblos que la enriquecieron al formar su base poblacional.

España también ha sido una nación emisora de emigrantes mucho más que de inmigrantes. En realidad durante siglos se ha comportado como un río permanente de exiliados o inmigrantes al mundo entero.

La esencia principal en la Península Ibérica ha sido, es y será siempre la de ser un puente, entre ayer y hoy, entre los que sufren y se mueven buscando un mejor lugar. Muchas de estas personas han llegado a España por indicación de Dios, que siempre invita como a Abraham, a moverse hacia otras tierras.

Es un acontecimiento histórico, que en la actualidad concurran casi masivamente a España personas de todos los países, porque en realidad siempre fueron amplia mayoría los emigrantes. Hay en la actualidad dos veces más españoles fuera de las fronteras que dentro de ellas.

En esta nueva economía mundial todos los factores tienden a moverse con mayor libertad cada día: los capitales, las mercancías, los servicios. Los trabajadores que acceden a España son seres humanos que buscan la oportunidad de sobrevivir en tierras ajenas, extrañas, y no tienen más equipajes que las de su propia visión para ellos y su familia. Se han comportado como Cortés en «Nueva España» cuando quemó sus naves. No les importa el riesgo, incluso su vida para alcanzar el objetivo. España debe ser refugio, hospital y universidad. España debe seguir siendo esa tierra lejana llena de esperanzas basadas en el ánimo de aquellos que escuchan la voz de Dios, tal como está expresada en el bíblico libro de Cantares: *«Levántate y ven* [que te llama él]».

Dentro de muy poco tiempo, la moneda de la Comunidad Europea se convertirá en billetes verdaderos. En la actualidad se están lanzando grandes campañas de información y hasta se utilizan eurocalculadoras. Dentro de poco en un bar cualquiera de Francia o Bélgica se podrá pagar con monedas cuyo dorso luzcan el torso de Juan Carlos de España. Esto tal vez, provoque un cambio de conciencia en cuanto a la identidad. Este llamado es para que no la pierda y constituya el puente entre sus hijos de América y esa Europa, entre los occidentales de América y los musulmanes, ya que por siglos de cooperación y comunidad de tierra e ideas, los árabes no despreciarán.

España puede elegir hoy su destino, debe escuchar la voz de Dios. En comunión con el Creador los destinos de los hombres y las naciones se magnifican. El pueblo español debe leer la Biblia, debe orar a Dios en el nombre del Señor Jesucristo, tal como el mismo Hijo de Dios lo demandó. Debe orar y buscar el rostro de Dios con el corazón agradecido por la bendita tierra que Dios le dio.

Hoy es el momento. *«Si escuchareis su voz no endurezcáis vuestro corazón».*

¡España entre la vida y la muerte!

«Este mandamiento que hoy te ordeno obedecer no es superior a tus fuerzas ni está fuera de tu alcance. No está arriba en el cielo, para que preguntes: ¿Quién subirá al cielo por nosotros, para que nos lo traiga, y así podamos escucharlo y obedecerlo? Tampoco está más allá del océano, para que preguntes: ¿Quién cruzará por nosotros hasta el otro lado del océano, para que nos lo traiga, y así podamos escucharlo y obedecerlo? ¡No! La palabra está muy cerca de ti; la tienes en la boca y en el corazón, para que la obedezcas. Hoy te doy a elegir entre la vida y la muerte, entre el bien y el mal. Hoy te ordeno que ames al SEÑOR tu Dios, que andes en sus caminos, y que cumplas sus mandamientos, preceptos y leyes. Así vivirás y te multiplicarás, y el SEÑOR tu Dios te bendecirá en la tierra que vas a tomar posesión. Pero si tu corazón se rebela y no obedeces, sino que te desvías para adorar y servir a otros dioses, te advierto hoy que serás destruido sin remedio. No vivirás mucho tiempo en el territorio que vas a poseer luego de cruzar el Jordán. Hoy pongo al cielo y a la tierra por testigos contra ti, de que te he dado a elegir entre la vida y la muerte, entre la bendición y la maldición. Elige, pues, la vida, para que vivan tú y tus descendientes. Ama al SEÑOR tu Dios, obedécelo y sé fiel a él, porque de él depende tu vida, y por él vivirás mucho tiempo en el territorio que juró dar a tus antepasados Abraham, Isaac y Jacob» (Deuteronomio 30: 11-20, NVI).

CAPÍTULO 14

LA MAREA SUBE PARA ESPAÑA Y LOS HISPANOS

Esta vez el movimiento espiritual ha comenzado en las antípodas, viene del otro lado, ya no es desde Ur a la Tierra Santa, o desde la Tierra Santa hacia el oeste de Europa, o desde allí hacia América. Esta vez viene desde el lugar más lejano, desde el lejano sur, desde Argentina, cubre América Latina y Estados Unidos, pasa hacia España y desde allí como un puente de oro se extiende hacia Europa, Asia y África. Es un movimiento espiritual, no de conquista de tierras, ni de gobiernos, ni busca imponer nada, sino tiene el carácter del Señor Jesucristo, es para servir y no ser servido, su impulsor principal es el Espíritu Santo y como desde siempre el mensaje es: *«Cristo en vosotros la esperanza de gloria».*

Muy pronto se verá claramente el cabal cumplimiento de lo que está escrito en Habacuc y en Isaías: *«Como las aguas cubren los mares, la tierra se llenará del amor de Dios y la gloria del conocimiento del SEÑOR».*

La iglesia del Señor está creciendo en forma incontenible y está llegando a transformar las vidas para que contengan el Espíritu de Dios. Es el cumplimiento de lo que fue profetizado, el desarrollo del plan de Dios en su totalidad en los hombres que lo reciben.

Desde Argentina y Chile en el sur, una ola de evangelismo cunde por toda Latinoamérica y el Espíritu de Dios produce transformaciones en los jóvenes, familias y ancianos. Miles de iglesias cristianas se están estableciendo, algunas en lugares residenciales muy elegantes, otras en los centros de las ciudades más importantes, pero hasta el último rincón de las villas miseria, fabelas y rancheríos, el evangelio se está estableciendo. Las cárceles son visitadas con frecuencia por pastores de todas las denominaciones, en especial los pentecostales que han crecido a un ritmo explosivo. En muchas cárceles hay iglesias funcionando con pastores que son convictos, que han encontrado a Jesús como su rey y Señor, han estudiado y dirigen espiritualmente a sus congéneres expresando muchas veces que han hallado la verdadera libertad aunque todavía están detrás de las rejas.

Miles de seminarios de teología se han establecido en estos países con todos los niveles de educación, algunos muy especiales, con profesores de primera calidad y experiencia, que enseñan a muchos ministros que califican para recibir educación especial sobre teología, filosofía y otras materias relacionadas con la extensión del reino de los cielos. Otros seminarios sin tantos requisitos preparan pastores que atienden el rebaño y además trabajan, muchos son empleados de todas las categorías, otros son empresarios, hay campesinos, obreros de la construcción, metalúrgicos, docentes, profesionales, estudiantes de otras materias, hombres y mujeres que han recibido el llamado del Espíritu Santo y están obedeciendo a la voluntad de Dios.

Una increíble cantidad de servicios para la atención de adictos a drogas, niños de la calle, ancianos, desocupados, las personas de la tercera edad y los que tienen hambre, se ofrecen en estas iglesias cristianas. La inmensa mayoría no recibe ninguna subvención estatal sino que con el aporte de los cristianos miembros se solventan los ingentes costos que demanda tan gran cantidad de servicios a favor de la comunidad. Todo esto es desarrollado por personas comunes motivadas por el Espíritu del mismo Dios.

Hay mutuales, cooperativas, escuelas, colegios secundarios, universidades, sanatorios, clínicas, escuelas para desarrollo de oficios, otras para atender los distintos ministerios, hogares de huérfanos, de mujeres, comedores, servicios de atención a los que viven sin hogar, granjas, en las que muchos trabajan en común, aprendiendo oficios y donde se reeducan personas que estuvieron en la marginalidad, desesperados, al borde de su desaparición física. Todo esto se está acrecentando cada vez más.

Una gran cantidad de librerías, miles y miles, editoriales que editan libros en prácticamente todos los países, cuya difusión no es difícil entre este pueblo que se está levantando con una extraordinaria avidez de información y conocimiento.

Emisoras radiales y televisivas por doquier, y en cada localidad de América Latina hay por lo menos una o varias iglesias que atienden a las personas en todos los niveles imaginables. Sus pastores, diáconos y servidores en general se preparan para aconsejar, cuidar, edificar y consolar a millones de personas que acuden para aprender a escuchar la voz de Dios en sus vidas.

Se realizan campañas para anunciar las buenas noticias en teatros, en las calles, en las plazas. En una plaza en Argentina, la Once de Septiembre, existen numerosos grupos de cristianos evangélicos que predican sin cesar durante todo el día. Lo curioso es que muchos de estos grupos que pertenecen a distintas iglesias y denominaciones lo hacen simultáneamente. Miles y miles de personas encuentran a Jesucristo de esta manera y hay un movimiento muy interesante de llevar a cada hogar las buenas noticias. La predicación del evangelio es muy popular en este continente y lo interesante es que se sigue acrecentando y los frutos también.

Se predica en universidades, colegios, lugares de deportes. Alguien diría: ¡Hasta en las iglesias se predica el evangelio! Todo se realiza con el intenso interés y oración de los participantes. Podríamos decir que este ejército de trabajadores del espíritu totaliza una cantidad de varios millones de personas que se mueven activamente dirigidos por Dios. Lo hacen con entusiasmo, dejando la comodidad de sus hogares en verano e invierno, en las calles, en las plazas, en los sitios turísticos de mayor interés, pero lo que está rindiendo mayores frutos es la predicación uno a uno de miles y millones, a miles y millones. Dios está obrando y se ve en el aire.

Las dificultades momentáneas económicas y sociales de América Latina son el verdadero plan de Dios para que por su necesidad muchos se acuerden de mirar hacia arriba, hacia el Creador.

La gran mayoría de las personas que fueron conquistadas por el evangelio del Señor Jesucristo, mejoraron su economía, su salud, sus relaciones con el entorno familiar y social en su ciudad. Muchos cuidan de dar una buena educación a sus hijos, especialmente universitaria ya que ahora el interés familiar y también el personal se ha acrecentado. Ya hay una gran cantidad de profesionales prósperos que son cristianos de corazón y una nueva clase de empresarios comprometidos con Jesucristo está floreciendo en todos los países de América Latina. Los testimonios de las transformaciones producidas por el evangelio se ven en los barrios, en las escuelas y universidades, en los hospitales, que son visitados diariamente por ejércitos de cristianos que acuden a orar y ofrecer su consuelo y ayuda a los que están internados.

Esta marea que está subiendo y acrecentándose como una bola de nieve ya está en niveles imposible de ignorar por el público en general. Dios lo está haciendo y nadie lo podrá detener. En toda Latinoamérica está cundiendo una ola de democracia y también limpieza de la corrupción, no solo económica sino también de la referida a privilegios individuales o sectoriales. Esto se debe con seguridad a que Dios está contestando las oraciones de los humildes que claman justicia. Esta ola ya está llegando a España, donde la iglesia evangélica no cesa de crecer con miembros que han recibido al Señor Jesucristo y nacido de nuevo tal como lo indicó él mismo a Nicodemo cuando lo fue a visitar en secreto.

Bien podría decirse que Hispanoamérica es una sola nación, por las costumbres, por la idiosincrasia del pueblo, por el calor latino en las expresiones y la precisión en el lenguaje del cielo: el español.

Integrantes de partidos políticos cristianos se destacan entre sus pares por tener valores, sobre todo en estos tiempos en que la sobriedad y la honestidad son muy escasas en todos los distintos niveles de la administración de los países. El movimiento del Espíritu Santo en América y España está llamando a los jóvenes y a los cristianos en general a que se preparen, a que desarrollen sus capacidades y las pongan al servicio de los demás pero a las órdenes del Espíritu que está guiando a nuestras naciones a un gran testimonio de lo que Dios puede hacer por el hombre.

Está escrito: «*Pídeme y te daré por herencia las naciones*». También el llamado del Señor Jesucristo fue muy claro cuando dijo a los discípulos en Mateo 28 que fueran a todas las naciones e hicieran discípulos en ellas. Les está llegando el momento a las naciones de Latinoamérica.

Hay muchas maneras de testificar, de anunciar el reino de Dios. La iglesia en América Latina y España lo está haciendo en una manera práctica, mostrando el amor hacia todos aquellos que están sufriendo, los que están atados por sus vicios y pasiones, los que no tienen qué comer o los que no tienen futuro. La iglesia está mostrando el camino cumpliendo lo que anunció el mismo Señor Jesucristo repitiendo los versículos de Isaías 61 en Lucas 4:18-19: «*El Espíritu del Señor está sobre mí, por cuanto me ha ungido para anunciar buenas nuevas a los pobres. Me ha enviado a proclamar libertad a los cautivos y dar vista a los ciegos, a poner en libertad a los oprimidos, a pregonar el año del favor del Señor*».

Ya hay un país latinoamericano en que la iglesia evangélica es mayoría, en ese mismo país hay un ejemplo de un pueblo entero transformado espiritual, social y económicamente por haberse abierto por completo al evangelio. Ese camino que se comenzó a transitar, se transitará hasta el final. Y el final será cuando se cumpla que los mansos tendrán la tierra por heredad.

Es evidente que la iglesia que el Espíritu Santo está desarrollando en América y España es una iglesia carismática, pentecostal, con el poder del Espíritu Santo, pero que también desciende hasta las necesidades de la gente. No solamente para predicar una doctrina religiosa sino para ayudar, para levantar, para edificar, consolar y exhortar hacia el desarrollo, hacia la libertad, a ver las posibilidades de desarrollo que un continente entero tiene por delante en estos últimos tiempos.

Desde la década del 60 comenzó una ola del Espíritu Santo que no solamente tocó a la iglesia evangélica pentecostal, sino que también se extendió hacia las denominaciones tradicionales y no quedó fuera la misma Iglesia Católica, que a través de los años había caído en la idolatría e ignorancia, llegando a unir los símbolos cristianos con las creencias paganas de casi todo pueblo con el que tenía contacto. En esta iglesia comenzó un movimiento al que llaman carismático. Ellos mismos dicen que comenzó en Nueva York, en esa década cuando un cura visitó al pastor de las Asambleas de Dios, David Wilkerson, que estaba siendo usado maravillosamente por el Espíritu de Dios para transformar las pandillas de esa ciudad. Wilkerson les enseñó que el poder especial para que las personas fueran libres de los vicios que los ataban era el mismo Espíritu Santo, que había enviado Jesucristo en el día de Pentecostés y que está trabajando activamente en este último tiempo transformando a personas y naciones.

Este movimiento no se ha detenido, cada vez toma más fuerza. En mi país, Argentina, hay quince mil congregaciones evangélicas, casi el doble de las católicas, la mayoría de ellas son pentecostales independientes, encabezadas por personas que el Señor ha llamado a predicar y muchos de ellos lo hacen permaneciendo en sus lugares de trabajo, negocios, pequeñas empresas, habiendo muchos casos de importantes empresarios que el Señor ha llamado a predicar y lo están haciendo con obediencia, dedicando a Dios todo su tiempo y esfuerzo.

Lo que Dios comenzó a hacer no se puede parar y año a año vemos el incremento y la importancia del pueblo de Dios en las naciones de Latinoamérica y España. Dios ha comenzado a dar, España y los hispanos han comenzado a recibir.

La marea sube

Cuando el profeta Habacuc desmayaba en su confianza acerca del futuro de Judá, tuvo palabras del mismo Dios que lo ubicaron acerca de la clara victoria que al final de los tiempos tendría el pueblo de Dios y en las revelaciones que anotó en su libro profético están escritos unos versículos que son de inminente cumplimiento.

Le ha venido sucediendo a España y Latinoamérica en estos últimos tiempos, antes del movimiento de Dios, que sus pueblos clamaban por justicia, por horizontes nuevos. Muchos emigran para encontrar un major porvenir para sus hijos, muchos han dejado sus aldeas para siempre, se han trasladado con gran sufrimiento para desarrollar nuevos planes, todo esto no ha sido en vano, es el mismo Señor que tiene en sus manos a los gobernantes, ya que él los pone y quita de sus funciones.

Todas las luchas de estos pueblos sufridos de habla dulce y espíritu abierto, con valores en la familia y la amistad han hecho que más de una vez, todos somos testigos, se hayan dicho las palabras inspiradas de Habacuc como una afirmación de su identidad:

Aunque la higuera no dé renuevos, ni haya frutos en las vides; aunque falle la cosecha del olivo, y los campos no produzcan alimentos; aunque en el aprisco no haya ovejas, ni ganado alguno en los establos; aún así, yo me regocijaré en el SEÑOR, ¡me alegraré en Dios, mi libertador! (Habacuc 3:17-18).

Las dificultades y luchas en todos los órdenes le han venido bien a España y a los hispanos, su corazón está bien rendido y quebrantado para recibir en estos últimos tiempos una bendición tan especial que asombrará a todo el mundo.

Se cumplirá finalmente lo profetizado, es inminente, las primeras gotas de una gran bendición ya han comenzado a caer.

Tal vez no hayas leído este trabajo por casualidad, Dios te ha llamado a alistarte en este ejército triunfador que llenará la tierra a partir de España y los hispanos.

«Porque así como las aguas cubren los mares, así también se llenará la tierra del conocimiento de la gloria del SEÑOR» (Habacuc 2:14 e Isaías 11:9).

«El SEÑOR está en su santo templo; ¡guarde toda la tierra silencio en su presencia!» (Habacuc 2:20).

Los españoles e hispanos que oímos la voz de Dios anotémonos en esta hora, porque este es el momento, para nosotros y nuestras naciones. Confiemos en nuestro Dios, el Dios de la historia que producirá en nosotros no solamente el querer sino también el hacer por su buena voluntad.

Habacuc 3:19 (NVI) termina diciendo lo que sucederá con el pueblo de Dios que se alista en esta hora para contemplar la grandiosidad de su triunfo.

El SEÑOR omnipotente es mi fuerza; da a mis pies la ligereza de una gacela y me hace caminar por las alturas.

EL CASO DE CRISTO

Esta atrayente e impactante obra narra una búsqueda sin reservas de la verdad acerca de una de las figuras más apasionantes de la historia.

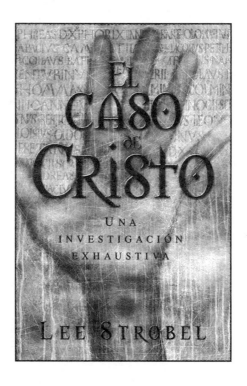

El veredicto... lo determinará el lector.

DESCUBRE EL CAMINO HACIA LA INTIMIDAD CON DIOS

La *Biblia de Estudio Misionera* se elaboró para
ayudarte a cultivar una relación con Dios.
Esa que buscas desde hace tiempo y que Dios creó
para ti. Asimismo, es el corazón de Juventud Con Una
Misión (JuCUM). Al fin, he aquí una Biblia que te ayudará
a despejar las dudas de tu crecimiento y preparación
cristianos y te ayudará a determinar dónde te encuentras en
el camino hacia la madurez. Si quieres dejar la vida
cristiana monótona, esta Biblia es para ti.

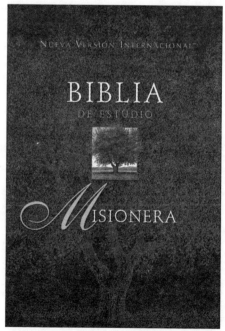

ISBN 0-8297-2178-9   ISBN 0-8297-2179-7